XINGLÜ

行旅

HESHAN

河山

汪志敏 著

南方日報出版社
NANFANG DAILY PRESS

图书在版编目（CIP）数据

行旅河山 / 汪志敏著. —广州：南方日报出版社，2017.7
ISBN 978-7-5491-1611-9

Ⅰ. ①行…　Ⅱ. ①汪…　Ⅲ. ①散文集－中国－当代　Ⅳ. ①I267

中国版本图书馆 CIP 数据核字（2017）第 124805 号

行旅河山

汪志敏　著

出版发行　南方日报出版社
出 版 人　周洪威
责任编辑　阮清钰
责任技编　王　兰
责任校对　王　燕
装帧设计　伍圣游
地　　址　广州市广州大道中 289 号
电　　话　（020）83000502
经　　销　全国新华书店
印　　刷　广州星河印刷有限公司
开　　本　787mm × 1092mm　1/32
印　　张　6.25
字　　数　110 千字
版　　次　2017 年 7 月第 1 版
印　　次　2017 年 7 月第 1 次印刷
定　　价　28.00 元

投稿热线：020-83000503　读者热线：020-83000502
网址：http://www.nfdailypress.com

目　录

凤英

农民也不拿凤英当知青。农民是很照顾女知青的，可是，队里的妇女做一天记六工分，给凤英只记五分，理由是长得瘦小。

那个年代的知青，四海之内皆兄弟。看到知青屋，晃着身子走进去，报个家门，伸手接烟、拿碗舀饭就是，假装客气，那就见外；街头路边与农民吵架，有不问青红皂白拔刀相助的，不用问，必定也是知青。那年我在横涧买了几根毛竹，大路查得紧，截住要充公；夜里绕卡口，又怕迷了路。正骑虎难下，一位上海知青过来，说等到广播结束，领你一段路。那是条山草没过小腿的蛇道。天地一团漆黑，怕被人发现，还不敢打手电。他一“领”二十多里，绕过了卡口，临别时，却让我千万别提“谢”：都是患难兄弟，萍水相逢，那叫缘分。

凤英说她也是知青，无锡的，1966 年要去苏北插队，那儿太苦，就托人往溧阳介绍，嫁给了如木。1969 年，我们四个常州知青插队到村上，她像孤雁看到了雁群，操着已经别扭的吴语，一次次向我们靠拢，没话找话凑过来攀谈，但地道的农村小媳妇气息，却不断让我们四个怀疑着她的自我介绍。后来，如木请我写信给他的“寄娘”——溧阳不少地方把丈母娘喊作寄娘，我才确认她没有撒谎，也更坚决地把她摒绝于知青之外。信都不会写，也称知识青年，岂不是对知青的玷污！

凤英没读完三年级，只因当厂长的父亲，在一个晚上死于非命。是谁干的，现在还没有破案。村上的妇女有时为此唏嘘，有时却引之为论据，论证凤英是个标准的“孬种”：你们说，是好人，谁肯拿铁锤去办公室敲死他？挨骂的凤英，像茄子遭重霜，萎瘪得只剩下一个“软”，哪有半点“孬”的遗传因子。

农民也不拿凤英当知青。农民是很照顾女知青的，可是，队里的妇女做一天记六工分，给凤英只记五分，理由是长得瘦小。那天在黄豆地里铲杂草，凤英向队长抗议：别人一垄我一垄，工分为啥比别人少？队长说，你铲得不干净。凤英说，哪儿没铲干净，找给我看。队长说，不用找，你把裤子褪下来，保证都盖里面，一根也没动。凤英赤红了脸，骂队长“畜生”，队长笑，大伙儿也笑。凤英骂着骂着，却连“抗议”都骂丢了。三年后，我成了全劳力，一天拿十工分，她依旧拿五分，气头上，至多从泥篮里倒出一星半点塘泥或猪囤，表示“少得”应该“少劳”。

我们到村上时，凤英已有了一个儿子，还没与公公婆婆分家。毛主席号召“各地农村的同志也要欢迎他们去”，全村积极响应，各家都备了一桌酒席，轮流为我们接风。轮到来弟家，我们与来弟如木父子仨围坐一张八仙桌，多出一个席位，便喊凤英一起坐。凤英屁股没搁稳，她婆婆在灶边已喊起来：端菜啊。菜端了来，婆婆又说，凤英，羊叫得凶，你拴它埂边吃草去。转而向我们打招呼：你们吃，吃，别管我们“女佬家”。后来才知道，村里有规矩，凡请客，“女佬家”不能上座。婆婆守着这规矩，不敢让凤英坏了。

“凤英”这个名字，也是婆婆让起的。母亲起的名字叫“来娣”。来娣十八岁嫁给如木时，婆婆传话，说公公叫来弟，媳妇也叫来娣？不中，得改名。于是，“来娣”改成了“凤英”。只有她母亲来到村上，才一口一声喊她“来娣”。我为此悲哀了好一阵。后来，见一位世界冠军为了当日本人的媳妇，连祖宗给的姓都肯改——贼不改姓，她却甘心改成什么“小山”，我才觉得凤英不算太惨。

凤英与婆婆抗争，我只见过一次。婆婆牛高马大，她竟母鸡扑鹰，一把扯破了婆婆衣襟，然后掉转头，高喊着“救命”往村外跑。婆婆在后紧追，袒露的大奶子胡乱晃荡。凤英跑到直粼沟边，扭头一看，婆婆两只手伸在背后，已张开十指，吓得“哇”地一叫，不顾一切跳了下去。直粼沟是个大河塘，两人深，凤英跳下去，水就没到了胸口，脚下光溜溜的，直往塘底滑。凤英到底怕死，往塘边一趴，死死吊住一把茅草，再不敢动弹。婆婆先给吓白了脸，看凤英那副模样，气又粗起来，掩起胸脯喊：“你松手，往中间走啊。”

凤英吊住她大伯的锄头柄爬上岸，眼圈通红，闹不清是水浸泡的，还是哭的。她垂着头，哽咽着钻出人堆，水淋水漓留下一路印渍。水渍不一刻就无影无踪，村里却多出一句歇后语：凤英跳塘——吊住茅草。而且，当着凤英的面，谁都敢无所顾忌地说出来。

凤英还是享受到了知青政策——大概在 1981 年，她带着三个儿子的户口，一起迁到了无锡。如木毫不犹豫随凤英去了无锡。这行径很有点“入赘”的意思，但他母亲荣耀至极，让来弟烧锅，自己上灶，特意办了一桌送行酒，让凤英上座。凤英傍着如木，半盅子烧酒，喝得她消瘦的脸庞艳若桃花。

今年清明节我回村上，如木给父亲烧纸，也回来了。他像随军家属一样，早凭知青家属的身份，把户口迁到了无锡。他口袋里装着驾驶证、手机，还有名片，衔头是厂长。一问，原来承包了一个汽车装配车间。

“伲俚来娣退休五六年了。”如木收起溧阳话，换一口流利的吴语。来娣？我愣了。猛想起来娣就是凤英，忍不住嘻嘻笑道：“凤英啥时又变成来娣了？”如木说，回到无锡，来娣就不准别人叫她凤英了。又告诉我，她先在纺织厂当挡车工，后来提升为班长，还当过厂劳模。现在在家带孙子。

“凤英一直没有回来过，她公公过世也没回来。”婆婆如今已八十出头，白发稀稀。二十年前的老屋显得非常昏暗，婆婆思念媳妇的波澜，在苍老的声音里无奈地扩展着。

我明白，来娣把当年的怨恨都归结于婆婆、归结于这片曾收留她的土地上了。

芮梦周传奇

我在插队时，好多蒲村的老人经常讲：两岸河埂上，有人指着船头喊起“梦周先生回来了”，哗啦啦，一个一个竟全都跪下！梦周先生不停抱拳作着揖，莫名其妙他还淌眼泪。

引 子

我插队的汤桥周家埠，是芮梦周的二女儿家，也是他的终老地。前前后后去汤桥，我与上辈或者同一辈老人，讲好讲坏、一不小心还总扯起芮梦周：或手舞足蹈，或眉飞色舞，津津有味扯出一段又一段传奇。

在1990年，我无意中翻到一本《溧阳县汤桥公社志》，是1982年出版的。翻读着，没想撞到了芮梦周——“志”中的芮梦周，生于1891年，开过茧行、稻行及槽坊；在抗战时期，他当上溧高县优抗委员；抗战胜利后，他任溧阳参议员等，与乡村的传奇竟然不差半丁点！他是大地主，有5间大宅院、30多亩良田，雇着三四个长工等，也属乡下老人的传奇，在“志”里，又不提起半丁点。

我退休了。于是将溧阳留下的汤桥公社志、乡下老人以前的传奇，相互补充为正题，或者算一篇散文，写写吧。

一

芮梦周的二女婿，小名“小鸭子”。我在1969年，插队汤桥周家埠的第一年，小鸭子吧嗒抽着竹鞭旱烟斗，滔滔不绝地，讲给我听芮梦周被枪毙的传奇。

在1951年夏秋之交，分田分地镇压反革命，巩固新政权。溧阳县的汤桥乡，此时改成浦溪乡，乡政府的院墙上，军事管制委员会一纸布告，朱笔鲜红勾起六个人性命；戴着“封建大地主”帽子的芮梦周，赫然列入第一位。

尚未关进溧阳时，芮梦周已讲惯“活罪可逃、死罪难免”的老话。关进了房间，他两次把信带到吐祥村，只讲两句话：一句是，家里的人，一个不许进杀场。一句是，喊小鸭子的两个伢，去收尸。小鸭子接的是“圣旨”。被枪毙的前夜，他鞠躬尽瘁更恐怕疏忽，天才黑，就坐堂屋一锅一锅抽起了旱烟。抽到鸡叫第二遍，沙哑着喉咙就喊金宝银宝起床早点吃早饭；收下了死尸，早点抬回家。

小鸭子卸下一块大门板，拿条毛巾揩抹起门板。

小鸭子提起“圣旨”讲狠话，喜欢带起刘伯温、刘半仙：掐得准，能万保无事。要不然——

芮梦周两个儿子。不讲“百善孝为先”，再“封建”，也得收死尸。然而他们全都捧着公家的饭碗：大儿子在东北造飞机，二儿子在本乡小学当校长——丝线上都挂一顶帽子。帽子碰倒了，饭碗头砸碎，两个人，都是手不提篮、肩不挑担的大先生，只恐怕，想讨饭都寻不到路，连到子子孙孙都害死。

小鸭子还说，我们一家贫农、下中农，犯点小错误，不要紧；犯了大错误，戴顶“大帽子”……再低卑，还是打锄头种田，没两样！

小鸭子揩抹好门板，按照“圣旨”让金宝、银宝俩抬着，抬到浦溪乡的地界上，天边才露出了鱼肚白。金宝面对安徽郎溪的土地，掏下家伙一通飙。银宝也解开裤带，对准江苏高淳的黄土地，冲出一个洞，剩几滴，还是滴溧阳。撒完两省三个县，他们紧紧腰间白布条，又抬起门板，穿低洼、越山丘，直奔王家山山脚。

四邻八乡的村民已经拥起厚厚的人墙。有些人，眼珠瞪得牛卵子大；也有人扎白带子，哭出一对猪尿泡……金宝关照银宝守门板，他自己泥鳅似的钻进了人墙。

恶霸地主已五花大绑，一字形跪倒。金宝认出了吴炳生，日本人时的伪镇长；伪副镇长芮兆林，跪在吴炳生旁边。他们被抓后，团鱼咬住芮梦周，宁死不松口；拉屎屙了胆，连到工作组都敢责怪：你们要打倒封建，芮梦周是最大的大封建，为什么不抓？金宝真想扑上去，先咬吴炳生一口肥猪煞心火！

金宝也看清了芮梦周，跪在死囚最北边；他还想望，好给爹娘一个交代，开枪了。恶霸地主躺倒在地上，还两脚蹬了蹬。芮梦周污血满身两只脚没蹬——一泡尿，吓透了裤裆。

原来他是“陪绑”的！

顺民意，免去了芮梦周一死；判“陪绑”，杀尽昔日的威风！金宝银宝抱起芮梦周，躺到门板上，于是一直抬回吐祥村。

枪毙改判为“陪绑”，小鸭子还讲得更有劲——

土改时，枪毙坏人没多少复杂。然而枪毙芮梦周，这次犯难了——三省四县交界处的贫农下中农雇农，有安徽郎溪、广德的，江苏除了溧阳和高淳，溧水、宜兴的人也不少，浙江有长兴、湖州及其吴兴人等，数千人，一一联名上书要保他，个个按手印画押。溧阳浦溪乡的农会主席芮春木，其老婆，偷偷地，连夜七八十里路，赶到石臼湖边的娘家；安徽湖阳的三个亲眷，便联名，按下500多个指模印的具保书，在第三天黄昏赶到浦溪乡，呈给芮春木。

小鸭子说他亲眼看到画押按起的手印，那个×××，父母去世时太穷，芮梦周曾付钱买棺材；那个×××，卖女儿被芮梦周赶回家，隔天送去两担稻；那个×××，穷人家，是芮梦周帮他打赢了官司。按手印画押最多的，还是闹饥荒那年，不少人都快饿死……

芮梦周被“陪绑”之后抬回吐祥村，没几天，他的二媳妇还生下了长子。梦周抱着孙子喃喃对他说：我这一辈子，一直记着一句话：做人，多做善事不去做坏事。我大难不死，靠的就是这句话。我替你起一个名字，就叫“保正（证）”吧。我的性命是大家保的。你长大了，也要保证做善事，不要做坏事！

保正在吐祥村一直种田。他种到1995年，还入了党。

二

（芮梦周）最著名是民国二十三年（1934年）的赈灾一事。是年大旱，农田无收，人民生活极端困难，逃荒讨饭、卖儿卖女已比比皆是。他主动与当时的汤桥镇长汤奉奎先生商议，由他去无锡慈善会要求救济。该会怕他假公济私自不肯应允。芮梦周三次恳请相求，终于感动该会派员去核实灾情，于是救济大米、面粉、豆饼、衣服等数十船。汤桥受赈后，灾民生活稍有些安定，芮梦周分文未取。

——摘自《汤桥公社志》

汤桥闹饥荒，连续饿死人的那一年，芮梦周 43 岁。

周家埠的老地主，绰号“大包头”，活到 2015 年 90 多岁，还没死，脑子还清爽。提到那一年饥荒，他总先讲 1932 年：小暑里，不少插下的稻秧晒枯了，着火刮阵风，三亩五亩一路烧过去。老天爷施舍，立秋下了场透雨，大家乘墒情，没日没夜培山芋、种荞麦，才算补一点旱粮。季节又不饶人：山芋长到鹅卵大，霜降下霜了；荞麦一朵花，一亩收到一担多，仅六成！难熬饥，人家田少更难熬，半饥半饱正月还没有熬完，满世界，大家又挑起野菜。

麦苗总算“秀”起了麦穗。1933 年的乡下人，饿得急，麦浆还没来得及灌足，今天剪两把穗、明天剪两把穗，回到家，揉去青麦壳，掺进野菜熬糊汤，已经开始了。小麦成熟了，麦田里，麦穗一半麦秆也剩下一半。麦割完，汤桥周围的雨水，浅河、枯塘依然猫尿似的几滴滴，做秧田、撒稻种，乡下人已不敢了。大包头家三五亩水田，他说车得到水，栽的秧，收到稻子也没有饿死。桑树这时还没枯。

梦周茧行在汤家桥后街，春茧收的还不少。高淳的椏溪佬，那天两担春茧挑梦周茧行，换回银元一段回头路，却被老贼摸了个精光！

椏溪佬狂跳，发着疯喊：光了啊！我的一家人，都要饿死啦！

梦周先生拎着文明棍，走到汤家桥前街，得知后，转身戳戳椏溪佬屁股，说：一个大男人，哭着像个啥？你索性哭个够，别让家里人晓得，一道去寻死！接着说，你到亲眷家去住一宿。明日上午你进茶馆店，我给你交代。身旁边的打更佬在看滑稽，那张文明棍，敲敲他小腿却悄声说：陪陪我，小酒馆去喝两盅。

所谓小酒馆，芮梦周酿酒的乾丰槽坊也。梦周先生请打更佬先坐。打更佬说：大先生，我站惯了，有啥事情你尽管吩咐。文明棍敲敲，他只好，半只屁股搁到板凳上。一壶酒、一碟花生搁到他面前。梦周先生和颜悦色开口了：养蚕佬有多少点作孽，你已看清爽，我也不再讲。一壶酒，你也只管喝。喝完了，帮个忙，把那点银元讨给他就是。

打更佬一蹦三尺高，大喊：大先生，你抓住丫头割屌喽！椏溪佬的银元遭贼偷，我到哪里去找啊？

芮梦周笑着说：你不想寻，我就不再麻烦你；你在汤家桥街上，以后也就不想再呆了，是不是？

打更佬蔫了。慢慢喝完一盅酒，他说大先生，我听你的话，就去寻。只是我的身上没铜板……

梦周先生在酒馆柜台上，要了一把铜板塞给他，说，明天一早听你的答复。

第二天，他才晃进街，打更佬已冒出来，告诉他，寻到了。接着说，夜里打更他是请人帮的忙。他寻往河口，他们正当赌，两块银元才输掉，要不回来了，剩下的……

汤家桥有几股贼，打更佬当几处眼线，梦周先生都有数，也从不点穿。他说做贼也是个行当：木匠铁匠没生活做要讨饭，做贼不偷同样没饭吃。这一次，接到钱袋梦周先生没有数，只对打更佬说，大家熬饥荒。现在偷一点银元，能要老小的性命，好灭一家门！

桠溪佬大名汤恒中。他拿回钱袋的传奇，我就不重复。要讲到了 1934 年，《汤桥公社志》和大包头讲起的旱灾，那是差不多。这年立春到立秋，别说补啥种，水田裂坼都卡进大脚！能吃的树皮已剥得精光，野菜冒出的芽尖，连根带芽常生吞肚皮。桠溪的桑树早干枯，汤恒中一家熬到了处暑，七口饿死了四口。

汤家桥的小河水还淌，前街的茶馆已关门。后街的梦周茧行和槽坊，也都关了门。沿路的村子半死不活的、躺着饿死的，一天一天多起来。镇长汤奉奎焦头烂额一张苦瓜脸，讲县长，吃饭不问信，他镇长救灾有屌用！一堆乱麻无头绪，嘴唇又冒出了大火泡。他咬咬牙，头顶毒辣辣的太阳走出七八里路，直奔吐祥村。

梦周先生躺在大樟树的荫头下。见到汤镇长赶来，他啥事没提只是问：你有办法了？汤镇长摇头：不找大人家募捐，我没办法了。

梦周先生说，我想了，去求无锡慈善会救济，把握还能大一点。汤家桥的稻米、黄豆和蚕茧，送去无锡的不少；缫丝厂的李老板，当上无锡商会的会长，与我还有点交情。拜求慈善会募捐，论讲他也会帮忙。

翌日天一亮，汤镇长特意雇辆小轿子，把梦周先生送到南渡镇，换上了轮船。梦周先生乘船到溧阳，住一宿栈房，再起早，乘上轮船一直坐到了无锡，天又快漆黑。到无锡，他一天没找到，第二天，终于见到缫丝厂的李老板、商会李会长。好一个芮梦周，想着汤家桥，不知又快多饿死几个，他撩起沾满尘灰的长衫，当着众人面，双膝在地嗵嗵嗵，就磕三个大响头。

李老板去汤家桥收茧，喜欢称“梦周大先生”做人厚道、办事极仗义等等，此时发现他如此大礼，也当然，掂出了分量。

芮梦周一五一十讲起汤家桥灾情。他讲树皮被剥光了，能咽的草根挖尽了，许多人家，已经吃起观音土。××人家吃多了，拉不出屎，就用指头相互抠、用小棍子挑。十五六岁的小姑娘，都蛮漂亮的，旱灾没哪个敢要，吃观音土的那几位，拉不出屎、挑棍子怕难为情，三个人还活活的胀死……

梦周先生眼泪婆娑打起了哽咽。李会长望他一脸的憔悴，暗地喊一声惭愧：他在汤家桥，可称为人物，赶到无锡跪下身，磕三个响头，一不求做生意发大财，二不跑官寻靠山，只是为赈灾，救大家性命！男儿膝下有黄金。即使父母官，古往今来又有几人肯如此？他掏手绢擦擦自己的眼睛，喊两辆包车，拖上梦周先生一路赶到慈善会；慈善会长随即派员视察、核实汤家桥情况。无锡的米业、丝绸业还发起了募捐……

无锡募捐来的米面、豆饼等装满了26条船。顺着锡溧漕河，船队摇橹或撑船，日日夜夜终于拐进汤家桥小河。河很窄、水也浅，沿途船队费着劲，硬是一条一条挤进汤家桥。

一传十、十传百，走得动的都想去后街，或前街，挤进两侧河埂上。我在插队时，好多蒲村的老人经常讲：两岸河埂上，有人指着船头喊起“梦周先生回来了”，哗啦啦，一个一个竟全都跪下！梦周先生不停抱拳作着揖，莫名其妙他还淌眼泪。

汤镇长和几位先生站码头口迎接。梦周先生跳上岸，把汤镇长拖一边，只是说，一个村，快喊一个人来领取救命粮！领粮的人家，家里得留有余粮。

四邻八乡一本账，脱口都已报出名。为什么？汤镇长没想。吐祥村人来领粮，梦周先生倒先讲，我家的粮食还够凑合。募来的救命粮，我家也不领了。汤镇长明白了用意。他家当然也不领。

大旱那一年，我家的稻米多少还留着。这些事，是在改革开放后，大包头才讲真话：叫花子箩里抓冷饭，无锡送来的那些救济款，有米面，有豆饼，还有旧衣裳，我的爹爹也没有去领一点。

三

民国二十九年（1940 年）南渡有个汤恒中者，自称“方司令”，有部队 200 多人，与芝山卫民团发生冲突，刀枪相见，双方已死伤多人，事态在继续扩大。芮梦周冒着生命危险，前往芝山，劝解双方罢兵息战，避免了更大的牺牲。

民国三十年间（1941 年），新四军溧高县强埠区（汤桥归强埠区管）区长甘霖（此人后叛变）和区农会主任芮春木，在芮梦周开的乾丰槽坊吃酒，汤恒中率和平军多人，架机枪于河对岸，要捉获此二人。芮梦周出面劝说，方撤兵而去。

——摘自《汤桥公社志》

汤恒中，就是银元遭贼偷、芮梦周帮他讨回家的椏溪佬；椏溪乡旱灾，一家七口饿死了四个，熬到 1934 年年底，索性丢下老娘和儿子，在方山，聚众草头王的也是他。号称“方司令”。方山即芳山。

日寇大屠杀南京在 1937 年年底。1938 年，南渡民团大胆收编方山的土匪，同时委托汤恒中，依然担任“方司令”。

苏南山连山，高淳连溧阳，芳山往南也连接芝山。芝山四周围，在 1938 年也建成芝山民团，守护着乡村。

芝山多数小村庄，譬如李园里，挺喜欢跟大村结亲眷。一代传一代，李园里的吴春英，井塘头的吴银娣等等，全都嫁给吐祥村。到了 1985 年，她们将近 60 岁，提起“方司令”，再讲芮梦周，有声有色仍像说传奇；五年前，李园里的老太太仍讲，依然差不多——

芝山、南渡的民团 1940 年火拼，10 余位兄弟和朋友，你受重伤他送命。南渡民团再倾巢出动，团团围住芝山村，汤恒中发誓：杀鸡碎狗，血洗老窝。并估摸，一两天工夫。

芝山民团准备着鱼死网破。民团多数种田佬，恨透汤恒中；那位老人家，知道芮梦周是汤恒中的大恩人，忽然间，挑个小伙子，快马趁天黑，突破重围奔进吐祥村。他眼巴巴的在指望救命。

李园里的吴春英是这般“描绘”给我听——

天大亮，芝山已经冒出血光灾，这时芮梦周也下了轿杆。他拐着文明棍，朝着方司令的“指挥部”即大院大门口，指名道姓的就骂：都说民团保护老百姓，你堂堂方司令，凭啥赶到芝山村去杀百姓？

三支枪，黑洞洞的对准了芮梦周。汤恒中走出大门瞄了眼，连忙喊团丁收枪，自己跑过去，跪下就向恩公磕了三个大响头。

梦周先生弯下腰，双手搀起汤恒中，说，哪个说你不讲道理还杀人如麻？不是瞎讲还到处“臭”我！你就要替我评评理！

芮梦周一搅，汤恒中不敢再先开枪了。芮梦周摆动“情”和“理”，再苦口婆心，又平息了汤恒中一点火头。

芮梦周乘上轿杆又往芝山村赶去。一对老人接待他。他只讲“救苦救难的观世音”，顺便再让拿点银元和米粮，也算给死伤的兄弟一丁点抚恤……

梦周先生的威望，也向芳山、芝山的山脚外，大批大批地扩张。

在1940年3月，汪精卫在南京组建“和平建国军”（伪军），伪政府的溧阳人，也趁机，收编南渡民团变成“和平军”，汤恒中，竟然也当起汉奸！

1941年年底，新四军溧（阳）高（淳）县的强埠区区长甘霖，让区农会主任芮春木领路，拐进三开间的乾丰槽坊小酒店，向芮梦周了解情况。芮××是梦周先生的总管——解放后，他进汤桥小学当上了老师，与我熟悉后，好些话都讲给我听过——

那一天，芮梦周捧着紫砂小茶壶，仍坐墙角老位置。芮春木要一碟煮花生，一碟猪耳朵，坐在甘霖的对面，慢慢喝着酒；酒店人空着，甘霖望着街边挑米卖菜的，夸奖芮梦周：拥护新四军，支援打日本。梦周淡淡地笑道：种田佬，鸡叫做到鬼叫收下一点稻，场上没晒干，征粮的就挨一挨二排满了，望着总都点作孽。

入耳不顺耳，甘霖喝的酒，感谢的话也变得少起来。后街四边的人，却突然，野鸡似的乱飞乱钻了起来。芮梦周自探出酒店：汤桥的河对岸，不知哪来的“和平军”，十几只长枪一挺机关枪，居然瞄着小酒店大门！还是何伢子！他挥着王八撸子在喊什么：两个新四军，快投降，乾丰槽坊已被老子包围了！

甘霖拔起了手枪。芮春木寻根扁担守在门后边，除了拼命已不想其他。没料到，芮梦周走到后街的沿口上，喊起何伢子：王八撸子呢？去喊方司令，我有话要跟他讲。

伪军何伢子，当年汤桥镇长都喊他爷爷。坐进茶馆店，跑堂佬还来不及招呼，他脱下破布鞋，茶桌上一顿敲，将臭烘烘的尘灰扬出半间屋！茶客骂着“畜生”往外走。跑堂佬，还得喊他前世的老子：你喝茶，喊一声就是。专门像寻死，不在活害人！

何伢子总会龇着狗牙说，早点端碗让我喝两口，我也早走了。现在茶馆空着，你去端碟瓜子来，让我定定心心嗑几粒。铜板呢？记账？跑堂佬说，你的皮太厚。一个铜板几年没还了？

那一天，不喝茶的涌进茶馆看热闹，墙角边，只剩下梦周，若无其事喝着茶。茶馆老板仿佛遇到大救星，作着揖，忙求梦周先生去赶走畜生。梦周摇头说，没药救。茶馆老板便向他磕头。梦周心烦了，放下茶壶举起文明棍，桌子上啪啪：你们欢喜吵，都往街上吵！

喔哟哟，规矩是谁定的啊？何伢子发痞。再一看，原来是梦周先生，顿时畏缩了许多，讪讪地说：大先生，我闹着玩的。后退着想溜，梦周朝他招招手，说：你过来，有话跟你讲。问他早饭吃过了没有。他说没处烧。梦周便喊跑堂佬去隔壁端一碗面条。连汤带水吞下肚，何伢子抹了抹嘴巴，说，大先生，要我做啥事，吩咐吧。

教你街上别发憨，你听吗？盐罐头里出蛆喽。只不过，你的本事不算小，方司令若要了你，大小也能当个官。

南渡民团的方司令？何伢子的眼睛凸到眼眶外：去！当然去！说话不算数，嘴巴是屁眼！他进金銮殿，早晚我能当丞相。

芮梦周讨来笔墨纸砚写出几行字，等墨迹晾干，便递给何伢子。拉屎拣到一粒豆，他一张字条，还真当上了副官。变成汉奸和平军，汤恒中当司令，他还真当副司令。只不过，好狗护三邻，汤桥街上他还真的不去祸害百姓了。这次伪军去抓新四军，要完成任务，听到芮梦周呼唤，他还得，收住扑人的架势，晃头扭腰讨他的好。

芮梦周在喊，汤恒中赶河埂边，隔着河，与他寒暄了几句，一个前街、一个后街的，一起走到汤家桥桥背。芮梦周悄悄地，脱口就对汤恒中讲：那个吴炳生，汤家桥的伪镇长，是他特意请你赶来的？他想要我的好看，你也想要我好看？

汤恒中不知回答什么才好了。低声讲话的梦周，声音压得更低了：两个新四军在乾丰吃老酒。你把他们交给日本人，新四军会饶恕你？你的日子更不得安稳！不讲强埠的区长，就讲侄子芮春木，他总没害过你吧，你偏要把他送给日本人，一门心思的，不也断我的亲？我不多讲了。告诉你，日本器重吴炳生，这一次，论功行赏他还排在你前头！以后他有了靠山，呼来唤去还得当你看门狗！

汤恒中抓下帽子喊声“大先生”：你说怎么办？

芮梦周说，关照何伢子撤走！吴炳生问你，你索性骂他“想出菩萨先铳”，新四军早跑走了，还报什么信！他给日本人打小报告，这几年，我看还没生出胆。

汤恒中搀起梦周胳膊弯，恭恭敬敬下了桥，顺着后街走进了乾丰槽坊，还真喝起了老酒。

国民党收编和平军，汤恒中依然当司令，再后来他逃到台湾去。芮老师讲汤恒中，一直没生儿子绝屁股，改革开放后也没回溧阳投资，溧阳的书记市长更没给他座上宾。

四

驼子1949年就很积极参与了土改，在周家埠更第一次入党。1958年农业合作社变成人民公社，金宝则在周家埠，开始担任生产队队长，公社后来更变“乡”，他仍当队长，并且一直当到2010年。他和驼子一直种着田，在夏天，都喜欢坐小石桥的桥背上，乘风凉。他们讲起梦周先生替伪镇长征稻米、挑往南渡送鬼子据点，竟有板有眼——

吴炳生任汤家桥的伪镇长那年，芮梦周曾笑着劝过他：“沾亲带故的，都是汤桥人，你还肯帮日本人来窝里斗，不是在发憨？”他还真的发起憨。花费功夫还真请伪军赶来，活捉新四军、暗害芮梦周。芮梦周的心底也就看不起他了。

任伪镇长其实想发财。只不过，发不到白财。1943 年，日本人又要求征收秋粮了。汤家桥的水多深、多浅，吴炳生卵子拖塘灰，知道的都差不多，当然知道触犯了众怒，鬼子拍拍屁股回东洋，他祖坟去不成，想睡乱坟山都难安稳——那一天，他送走催粮鬼，坐门槛上脑瓜涨得竟有笆斗粗！老婆骂他怂相 × 能智，当啥伪镇长！你去看看芮梦周，他喊声征粮，哪个小狗子，不都赶着送上门去的？！

芮梦周是新四军优抗委员，帮新四军送粮，吴炳生当然知道。老婆一顿骂，他醍醐灌顶拍拍屁股就往茶馆跑。茶馆的墙角还空着，吴炳生就跑后街，往乾丰槽坊赶过去。

梦周看到他，先打起招呼，再喊伙计打二两酒，弄两只好菜。

吴炳生先向伙计摆摆手，再对梦周先生说：我有要紧事，请你帮忙。梦周捧起小茶壶，于是把他进到槽坊的后院，客气地说：有啥事，带个信就是，还要劳你的大驾。

大先生，你可折杀我！吴炳生说，我要有一点办法，再也不敢打扰你。梦周不接茬。他就继续说：日本人，开始征收汤家桥的稻米了。我要麻烦你，抽几天辰光，弄点稻米好去堵住日本人的嘴。

梦周一直不想招惹日本人。现在要他去帮日本人征粮，等于逼他上刀山。他请吴炳生回酒店，说，泡壶茶，我们慢慢讲。

吴炳生装着哭丧脸，甩起杀手锏：日本人讲了，粮食征不上，要派和平军搜查。我只怕，几个人，为了几粒稻，汤桥人死伤了几位……

他一根绳，简简单单拴住牛鼻子。梦周捧着茶壶转轱辘，心底焦急的，还得收稻送给新四军！芮春木还对他讲，舍出性命打日本，不帮忙，没一点良心！吴炳生此时，凑近臭嘴还说好话：日本人在汤家桥征 60 担稻米。你顺便征起 20 担糯稻，槽坊做酒不更省得买。

梦周又耷拉眼皮，不搭腔。吴炳生也发起狠：那点糯稻不抵你工钱？我看说得过。你还要些啥？征粮我没有本事，你有本事不帮忙，日本发狠打死了你我，汤家桥，也就不再征粮了？

梦周又沉默了一会，开口了，问他想分多少多糯稻。

我想分你的糯稻，日头上落山！

芮梦周将紫砂壶一顿：口说无凭，立字为据！过年前，我抬两瓮酒，还是要送你大厅！

谁也不知使用啥天法，以后的几天，他照样坐茶馆，乡下挑的新稻米，开始一担一担堆进乾丰的后院。征齐了，便请吴炳生来看粳米，摸一摸糯稻，然后请他坐进小酒店，亲自泡壶好茶端到他面前，阿谀奉承就像换了一个人。吴炳生喊梦周的腔调，也带起命令：赶紧去喊乡下人，明天一早就把稻米送南渡。

梦周哈哈腰，说，延后两天吧。挑这批稻米，至少要请 40 个壮劳力。设法凑齐到后日，才能送去皇军的据点。

到后天，鸡叫才二遍，伙计卸开乾丰的排门，高挂三盏大汽灯，已将半条后街照得雪光亮。两桶白米饭，鸡叫三遍拎到酒馆墙根边；炒青菜、猪肉烧豆腐，一盆一盆的猪蹄萝卜汤，也都端上八仙桌。挑着空箩的乡下人，三三两两赶来了。伙计不断打招呼：哪一桌坐满，哪一桌先吃。吃饱喝足的，带着空箩进后院去装稻米。挑着稻箩全都坐在后街的街边，先生有话讲。

梦周托着小茶壶，看到小辈摸摸头，望着平辈拍拍肩，一桌转一桌，打着招呼不断讲：自家人，没有菜，饭可要吃饱。吴炳生也进了乾丰，也套着近乎，只是许多亲眷当贼似的防着他。

周家埠的金宝队长讲起梦周送米的线路，还头头是道——

汤家桥挑稻米送南渡的日本据点，吴炳生讲：走圩塘。梦周不做声。吴炳生没有自信了，忙催梦周讲。梦周这才说，挑箩走圩塘、到河口，河湾港汊奔南渡，35 里路，土匪不断不正经，到时喊冤枉都找不到地方。换走上沛埠，到上兴约 15 里路，沿路好两只炮楼，和平军不断，你说多稳妥！

再挑 3 里路进小河口，连接南渡镇，都是日本管辖的宁杭国道，我们送稻米，不是等于交差了？！

扁担挑起 40 对稻箩，离开汤家桥后街，三尺宽的小路一一跟上趟，就像大蟒蛇，弯弯曲曲地游往上沛。蟒蛇过江变成龙。吴炳生拍拍梦周的肩膀，喊一起老兄：我们快回家，正好睡一个回笼觉。话说完，自己先吓了一跳。再想想，喊他“老兄”不放肆。他撑一根文明棍，人模狗样的，掀开屁眼只值 20 担糯稻，屎拉拉的也没啥两样！

回家吴炳生死睡。睡醒了，眼睛不弹只喊老婆弄点菜，想喝酒好轻松轻松。老婆这时候，冲进房间如地动天摇着：你去喝尿吧！门口去听听，皇军征收的稻米，挑过上沛就被新四军截走了！

吴炳生的眼睛发了黑，差一点，瘫倒踏脚板上爬不起。事后研究琢磨大先生，不得不佩服：挑粮选上沛，知道沿路有炮楼，还有和平军保护。稻米仍被新四军截走。日军没办法，我当然，更没办法了！

当时日本人狂骂，但没责难他，只是要他查清通风报信者。他花吃奶的力气没捞到一根屌毛，当然难咽一口气。筛来筛去筛着通风报信的，似乎筛清了，狠狠的，于是扇了自己三个大巴掌！越想他越懊悔：怕鬼有鬼的，一条泥鳅还真掀翻了送粮船！报告日本人去抓梦周、去抓芮春木？想来想去他还真的没胆量。

老党员驼子、老队长金宝讲给我听：芮梦周替伪政府征稻米时，已跟芮春木讲清：假如夺回 60 担稻米，今年他就不再多征稻米了；夺不走，他也不想再征粮，只想挑自己稻米。

新四军成功“夺”回 60 担粳米，并且搬到竹篑镇的小村上。腊月里，芮梦周“征收”的 20 担糯稻，仍让芮春木送给竹篑。

金宝说，梦周这一出戏，吴炳生至死还蒙在鼓里。

五

一切权力归农会。汤桥镇的权力曾移浦溪乡，芮春木任农会的主席；分田分地镇压反革命，他负责押送芮梦周。押到半路上，还是忍不住喊大先生：别怨我忘恩负义，我实在没办法。

宋股长是苏北老干部。他说一定认真调查、实事求是、按照政策处理芮梦周。他将封建地主反革命的吴炳生等等，首先押上浦溪乡，让有冤伸冤、有仇报仇的贫下中农们“热身”……

浦溪乡复原浦溪村，称浦村，跟我插队的周家埠，相距一里路。浦村一半人姓吴，亲眷遍天下，我在蒲村熟悉好多吴家老头子，他们讲起公审芮梦周，讲起撕掉伪装、彻底看清真面目，滋滋有味——

最后芮梦周被押上公审台。宋股长运足气力呼口号，真的没料到，台上台下的吼声，用吴老头子们讲的话，是“灶膛里头塞湿柴”，要么举不起，举开来也软不拉沓的，口齿含糊就像塞进了鸡毛……还有两个老人猫起腰，不声不响才离两步路，就被一声喝：没散会，不允许离开！缩脖子的乖乖走回去，另一个犟牛，还说要撒裤裆里！

木海海是浦村 × 村的村长，龇开黄板牙大笑。那一天，周家埠的驼子坐在他旁边，当然知道他的田里生活一把手，勤恳、踏实没话讲，讲话只是有一点木讷。宋股长喊他开头炮，控诉芮梦周封建剥削，驼子也知道，他居然如此回答：梦周先生犯了什么罪，我真不知道。你知道得多，我就让给你讲吧。

宋股长愣了愣：不知道罪行，你就讲讲他的意见吧。木海海想了好一会，开了窍，对梦周先生提三点意见：

第一点，屋基村的土地庙里死了两个叫花子，他写张白条，赊了两口棺材请人家埋了。我听棺材店的老板对人家讲，梦周先生一直没赎白条子，他又不敢讨。这是棺材店老板讲起的意见，我代他提提。

第二点，两个难民就要饿死路边上。梦周先生路过时，也写张白条，让他们到陈家边的富贵家去领 20 块钱。富贵是我的亲家。四五年过去，前几天，他还拿出白条给我看过。这是富贵家的意见。

第三点，是我提的最大的意见。民国二十三年（1934 年）闹大旱，梦周先生一个人跑到无锡去募捐，吃了不少苦，还朝无锡老板磕响头……

台上台下都竖着耳朵，跃跃欲试已经有人要补充，宋股长快刀斩乱麻，当然果断地决定：公审大会这一次结束。

陕甘宁边区出了李鼎铭，苏浙皖边区也有新的李鼎铭？宋股长认知研究后发现，芮梦周亲属盘根错节、人际根深蒂固，更惯用小恩小惠笼络起民心。长年累月当上土皇帝，脚板底下也让百姓下跪喊“万岁”！如今共产党已打天下，他青天白日不是做美梦！

溧阳曾与高淳并成溧高县。这一次，宋股长决定去高淳西舍镇公审，揪下芮梦周的画皮剥开他的尾巴。

无风三尺浪。这一天，西舍台下的青石板大风小风皆无动于衷；公审会台上，五花大绑的芮梦周已下跪许久。他额头冒虚汗，一声咕噜“我已不中了”，即斜倒过去。台下的老妇，喊着“梦周先生”就爬上台，跪下扶住芮梦周并急喊台下：三伢，快递一张板凳来！三伢抓来板凳还垫上梦周的屁股。

宋股长问老妇啥成分。村长说烈属。宋股长的脸色一变，很亲切地喊起了大娘：你把苦水倒出来，我们定为你做主！

老妇说，民国二十二年（1933年）……她没控诉腊月廿五芮梦周先溧水、再高淳，一路收债收租一路往回走。到处闹灾荒，他对亲眷朋友沿路讲：人不死，债不烂。你请他喝两盅、留他住一宿，也足透面子。他跟家里已讲好，挨到大年夜断黑，再回吐祥村吃团圆饭。他为啥？年脚底，亲眷进门磕三个头，还会说，年关没法子过了。不送半担米、也得挖去50斤稻，免得亲眷伤良心。送到腊月三十的晚上，自家的米囤、稻囤不也见了底？索性躲外面，眼不见、心不烦。

老妇就是说在腊月的三十，午饭后，梦周先生走到了桠溪街上。太阳两竹竿，空荡荡的青石板，竟然还有一个女人跪在旮旯口；她枯黄面孔的旁边，三四岁的小伢插一根草标，瘦得更像芦秆棒。这个时辰卖儿子，世上也没她苦了！

女人看到梦周先生的布鞋，停在她面前。她磕头喊起了“先生”：你小狗小猫领回家，剩饭剩菜喂两口，养了三四年，就能赶鸡看鹅了。

梦周先生盯着小伢问：你养了几个儿子？

他是老三伢。女人又磕头：你行行好，拿三五块钱领回家去吧。

梦周先生叹口气，说：别磕了！别磕了！小伢你也别卖了！你有啥难处，讲对我听听。

女人呜咽着讲：老公害病躺在床上只剩一口气。家里不见一粒米，饿得老鼠也快跑光了。小伢卖不掉，我回家，这年也没本事了。磕下头，再不抬面孔。

梦周先生又叹一口气。弯腰摸出3只银洋钱，放她的手边，说：我望了，猪肉摊头只剩一刀骨头肉，米店也快要打烊。你赶紧走！小伢不能卖，你歇天还要靠他养老呢。你是哪个村的？过了年，我再喊人帮你送一担稻……

老妇的呜咽声，对着五花大绑的芮梦周，在公审会的台上有一点激动：正月底，大先生让人挑起一担稻，真的一直送到我门口！

她接着说：老公没过正月十五就走了。大家闹饥荒，西舍村的土坯封门死绝了好几户。我家孤儿寡母也该死，西舍村的人，就是说我遇到活菩萨！二伢后来饿死了，大伢后来参加新四军，北撤时被和平军打死，我现在，还有三伢来养老呢。我是真的遇上活菩萨！

台下一片唏嘘声。老妇喊了声“同志”：诉旧社会的苦，我三天三夜诉不尽；让我说句大先生坏话，我的良心就讨狗吃掉……

六

芮梦周死罪可免，但剥削的财产必须分给贫农下中农。梦周称：身外之物，生不带来死不带去也。没半点怨言。二儿子，被调到张家边大队教书，老婆孩子也都带了去。芮梦周也离开吐祥村，在汤家桥的街边上，租一间草屋，大儿子，月月都从东北寄来生活费，他的日子当然照样过。志书“原住溧阳汤桥吐祥村，后长期住汤桥镇”中的“长期”，其实没几年——

在1957年，二儿子在大队教小学的工资有点低，大儿子在哈尔滨造飞机，收入倒蛮高，寄给芮梦周的生活费，芮梦周住草屋不愁吃、不愁穿，撑着文明棍，依然每天上街吃早茶。他有一张竹躺椅，夏天总是摆在大树的底下；秋冬日，喜欢端椅子，靠着墙角晒太阳。沿路有人望见他，恭恭敬敬喊声“大先生”，或“梦周先生”，表示尊敬的人仍不少。

1958年，汤桥乡称人民公社时，所有土地即使祖上留下的，全部归属生产队；收种的粮食挑仓库，全部按计划分配。钢铁元帅升帐，家家扒掉灶头砌起小高炉，以“赶英超美”……我在插队的第一年，那些早先担任周家埠生产队的社员们，就喜欢讲给我听“办公共食堂”的故事。他们的第一句就是：一日三餐放开肚皮吃饱饭，天天猪肉烧豆腐。好些人还讲：大家胀得全都钻田里拉屎。狗也放开肚皮吃，连到屎都不肯去舔了。梦周有进“食堂”他也有饭吃。路上看到了金宝，他笃笃文明棍喊“乖乖头”：节谷防饥宿衣要防寒，糟蹋着粮食，真的要遭老天爷报应！

公社召开“三干会议”放卫星，金宝队长是散了会，在回家路上遇到的舅公。想讲“一日三餐饭算啥”，他还是不敢讲，于是告诉梦周，报纸都登了，农业试验田里放卫星，水稻亩产一万斤，稻穗密密麻麻的，能托鸡蛋。汤桥公社也发起卫星：水稻亩产五千斤！

粮食卫星跌了个嘴啃泥。食堂办起三四个月后，干饭变成粥；一天稀一天，舀进饭碗能照见面孔，食堂接着散伙了。于是大家回家砌灶头，没有砖头就先用土坯。寻不到下锅米，舀一瓢清水来煮野菜，突然间也多起来。芮梦周按时收取“生活费”，他给哈尔滨回信，依然是福气。这一天，他领到了生活费，还有一封信。这封信，还是大媳妇写的，她说这是最后一笔生活费。怨你写信时，写了汤桥饿死人；你的儿子喝酒时，讲给朋友听；朋友汇报给领导，你的儿子戴上右派的帽子，送进东北农场去劳动改造了。

金宝的弟弟叫银宝，是我要好的朋友。他说芮梦周当即倒在躺椅上，闭紧牙关又念了一遍；威风八面的大先生，很快变成冷锅清灶的孤老头等等，记得很清楚。

二女儿和小鸭子死乞活赖，总算把芮梦周接进周家埠。他躺在躺椅上，别说上街去喝茶，想弹开眼皮，也得撑起火柴棍起来。银宝说，舅公的二儿子又调去上兴教书。他18里路赶到周家埠，舅公眼睛发亮喊声“你来啦”，不用人扶他自己站起来，竟是最后一次。二媳妇隔天去探望，银宝说，我家实在烧不出菜了，你娘杀了只鸭子。太小了，翅膀上的胎毛都没脱干净。

1959年夏天，芮梦周在二女儿家去世了。

有人说他饿死的：好吃好喝过惯了，汤桥又发起旱灾，他咽不下糠饼，能饿不死？

埋葬吐祥村去没法讲。老二赊一口棺材，小鸭子借五斤米，单请四个抬棺材佬吃一顿饱饭，仍请芮梦周躺进周家埠坟山。老大一家都没去。老二、媳妇只带着长子保正，跪向土坟前给梦周一个个磕头。

到“头七”，二女儿没再惊动谁。她裹 8 只粽子供在坟头上。实在借不到糯米，她在粽叶里，全都裹着草木灰。

银福又过年

他又将双臂掩住圆脸盖台面。等他重新抬起头，泪水花花的又冲着我嘶哑： 地主的儿子怎么啦？现在哪个不靠两只手、不靠种田佬吃饭？

早在溧阳西北角落的小山村，我捆不拢麦秸秆、扛不动水车轴等痛苦事，张嘴会喊“王癞痢”，并且喊惯了。如今翻开当年的历史，扑面而来的，还是王癞痢。

记得当年还在生产队，队长的生活难派工，也会去找王癞痢，即找大名鼎鼎的银福。如同老师指派学生揩黑板，银福也非常卖力。晚饭后，他到我的煤油灯底下，也常泡起一两个钟头，“舍我其谁”的得意相。他往往绘声绘色地描述白天的辛劳。那一年，银福27岁，他在晚饭后，依然坐进我的煤油灯底下；滔滔不绝的话语声，一下子，阀门似的堵塞了。突然间，他迸出一声“真亏心”，一拳头，震得煤油苗乱晃。他又将双臂掩住圆脸盖台面。等他重新抬起头，泪水花花的又冲着我嘶哑：地主的儿子怎么啦？现在哪个不靠两只手、不靠种田佬吃饭？

我莫名其妙。又恍然大悟：他视我那位小女人，在发泄！昨天她到村上“看人家”，模样并不怎么样，还怀着，亡夫的孩子。今天她已托人回了话，说，自己嫁给谁已无所谓。她只怕，孩子生下来，落在地主家后依然永生永世翻不了身。

我的鼻根发足了酸。我依然“就是”“就是”地应和，不敢劝慰他——我担心，平静之后他又要托我去找对象——我为银福找过好几次对象：每一次，只要提到“地主”两个字，人家姑娘的母亲或父亲，热情随即变成虚假的面具！以后我也就，戴上面具做起了戏！

那个“看人家”的女人讲的话，比我诚实得许多。

银福在35岁那年，终于解决了“困难问题”——银福的父亲叫“大包头”，首先摘掉了帽子。高价聘媒人，再花高价娶来深山的姑娘。后来姑娘闹离婚了。地主婆跪下，求她生下孩子再离婚；姑娘肯不离，她婆婆心甘情愿当媳妇……

那位姑娘坚决打掉了孩子，走她自己的路。

我在又一个春节回到了山村。那一天，银福正在院里剖鲢鱼。家鱼虽斤把重一条，散在泥地还有一大摊。一个七八岁的女孩蹲旁边，小手沾满了鱼涎鱼鳞。我有些激动。银福进屋抓起炒米糖、山芋条，还有花生、瓜子、红塔山，全都堆到我面前。他的妻子挺富态，很年轻，惹得我大叫：银福银福，必有后福！那时我已经算到，准不准？

银福喊妻子杀鸡、煮咸鹅，割块咸肉蒸在饭锅里。见我放跑了鸡，他又换块羊肉来，并喊妻子去挖大蒜，烧红烧。银福喝多了酒，妻子自代他喝，还说他，只敢欺老婆。他在外面老实得像条牛。

银福的饭桌摆在囤边上。囤里堆满稻，蛇皮袋里也是稻，有上万斤——以前队里一个人，撑足了，也只能称600斤！现在的日子，我打趣：变成地主了！

“大包头”插嘴：以前小地主人家，还不如今天的日子。

银福说，不一定。现在一亩算收10担稻，一担值40块， 我家值钱有多少？化肥农药、耕田打水等等费和税， 一亩田成本都要300多！

你不搞点副业？多养点羊子！现在的草，没脚背，而且没人割！

银福的妻说， 我想过。没处关，也没处放。好兄弟，你知道他是下死力的老实人，帮他进城找份死生活，一个月赚三五百元都好。

我又胆怯了。城里的人，一个一个正当要下岗，银福50岁，大字不识一个的，他进城去工作啥？我“行行行”地又演起戏。为了防止银福真的想进城里找工作，于是我再讲些“话”给他的妻子听：你独自留乡下种田，就像男人出了国，女人在城里留守，日子不好过。

她很勇敢地说：你也帮我找一份工作，不也进城了！

她还真的很勇敢地并且冲到大上海！她的女儿后来也冲进上海！过年了，都回到山村；过了年，再冲往上海。在2015年，她们冲到上海去，我刚回到老山村，我更惊喜的，还是地主“大包头”已94岁、地主婆已86岁，还真的活着！看到我的好朋友，我仍喊他“王癞痢”！

村里的山地都被政府平整了。村庄绝大多数的土地，800元一亩，也都租给外地人去养虾子什么。银福留下一亩田不租，种点菜、种点稻。家里早就不养猪、不养羊，只养几只鸡生蛋。银福告诉我，说他养了十几只兔子，今年过年吃掉了一半。他说杀一只给我，带回家尝尝。

接着他又神气地告诉我，说，现在谁雇我去做小工，一天没有300元，至少也得给我200元！我65岁尚不满，饭还有得吃……

粽子飘香

我写《粽子飘香》是在1994年——插队是在1969年。在周家埠的小村里，硬被种了10年田，终于返回到常州。思念和情感，却又深深地，10年10年又10年……

又是端午节！我又思念溧阳西北角的偏僻小山庄——周家埠。

难忘我进小村的第一个端午。粽子特有的清香，在小村尚未弥漫开来时，我已将自己严严关进知青屋。我忍受不了被诱发的强烈得近乎残酷的思乡之情。第二天起床，我发现，灶屋小窗糊着的塑料纸被捅开了，锅盖上有两堆粽子，旁边躺着一对咸鸭蛋。

中午收工回到家，锅盖上，又是三堆粽子、四只咸蛋。晚饭后，吐生娘来了。我发现她从围腰里也拎一串粽子，急得忙摆手。我知道，小村上最缺粮的就数她家！没料到，她忽地虎起脸：你是嫌我穷，生怕歇天问你借钞票，是不是？待我收下了粽子，她深深的皱纹又夹满笑，说，我刚才是说着玩的，可别生气啊。跨出门槛她还扭转身，不断向我打招呼。

临睡前，我的大门又被爱芳轻轻地敲开。她趿着破布鞋，围腰抓手上，悄悄对我说了声：我娘叫我送来的！丢下八个粽子四个蛋，轻轻地，又消失在夜色之中。以后端午节，吐生娘和爱芳一直送粽子给我，但都在黑夜。我知道，她们是怕人看到，说闲话：爱芳娘是地主的成分，而吐生娘是穷，粮食一直不够吃。

有一年端午，我察觉，吐生娘很明显地躲避我，到晚上，她也没送粽子来。第二天，我无意得知，她终究没将糯米留到端午节！我等到天黑，便把乡亲送来的粽子，留两只，其余全都装进菜篮里，推开了她家大门。她见着我，大概小女儿的手中还有只鸭蛋，也就显得很局促。我把粽子提到她面前，说，这几天胃痛，不敢吃这东西了。你家里人多，帮帮忙。苦脸捂肚皮，我更装得十二分痛苦。吐生娘犹豫一下，接过了菜篮。

第二天早上，她还菜篮给我。篮子里，她放一把咸菜，还有四个咸鸭蛋。在只鸭蛋上，我发现了小手印上的黑黑痕迹。

水库埂的路

水库埂已变成了公路。华金还是叫它水库埂。华金的儿子也喊水库埂。也许喊惯了，一代传一代，改不过口来。

1997 年，我又踏回水库埂。

我离开周家埠是 1979 年。当时的水库埂，静静地，依然卧在小村的西首。水库早放水还田。库埂脚下植三路桑树，埂坡和埂背，秋播麦子夏点豆，隔年换茬种苕子、培山芋。无论种啥都像黄鼠狼吮血，瘦黄瘦黄的，“割断腰，不够一担挑”。骂娘的人不算少，若将骂声飘进怀柏老爹耳朵里，老爹自不论好歹，惯宝宝似的护着，说：你们懂些啥？僵死土上长出这些东西来，不错了！

水库埂里为何变成一堆僵死土？老爹坐在村口小石桥纳凉，吧嗒吧嗒竹鞭子烟斗，讲给我听如神奇世界：水库埂曾围起千顷碧波，有鱼脊划过，庞然老公牛！有乌龙汲水搅天昏地暗……他讲得最多的，还数当年修筑水库埂：调集多少万民工，挑高挖底沉没千万亩良田！三五年之后，一个命令又通统拉倒，就像闹着玩。乡下人搭一间猪圈屋，也没这么随便法……我再登上水库埂，脚底下，就有一股历史悲怆在涌动。十年以后离开周家埠，我在灯下翻读着历史，划一齐整的铅字之间往往莫名其妙横出一条水库埂。

十年前，我已听说水库埂上铺公路，哪知道，农公车进汤家桥小街，是顺着水库埂往周家埠开去。车厢都乘乡下人，挤满了人，原来的库埂嶙峋石块还毫不留情，颠得大家七倒八歪。

草棚小店属于招呼站，称为周家埠。水库埂继续往西，三五里路到桠溪，就是高淳县的了。我已经下车。灰尘蒙蒙的，顺手拉张长凳靠墙脚坐下，问她是哪家的丫头。小姑娘清纯，圆脸甜甜地，告诉我，说她是根头家老二。啊，周家埠的又一代人，登上水库埂，在前辈沉重的脚迹上，终于经起商来了！

我进了村。怀柏老爹已谢世。我挨家挨户拜谒后，坐回老爹的大儿子华金家门口，嗑着他的葵花子，陪着他的老黄牛，一起晒太阳。华金见我不住看手表，知道难挽留住宿，也就讲：半个钟头一班车，你急点啥？听到汽车再往水库埂上去，保险耽搁不了你回到常州。

水库埂已变成了公路。华金还是叫它水库埂。华金的儿子也喊水库埂。也许喊惯了，一代传一代，改不过口来；也许根本不想去改口，即使路面铺沥青，再过十年、二十年……

镜头的镜头

拍照片能惹得寂寞的村庄欢笑沸腾，让尖利的出工哨音也失去权威；平时最顶真的生产队队长，总也变得十二分宽容。

在 2002 年，乘一级公路去溧阳，只需个把钟头了；这次我换车去周家埠，还顺便，带了海鸥 300 × D 的相机。在 1976 年，我千方百计借到上海 201 型照相机，回到周家埠拍照，华金家娘、小鸭子家老太婆等等，全咬定照相机“啪嗒”一响，会摄取精血，由此死活不肯给小辈留影，作纪念。我请怀柏老爹拍照片。他梳头换衣裤，拍完了，问我要付多少钱。我说这一次免费，再拍得收五毛钱。

绝对非天方夜谭。一个月以后，我挂起黄挎包，如同小货郎，转着村头拍起了照片。当初进村子，我记得，总是先找知青屋，请插兄插妹帮个忙，满村子，到处打招呼：拍照相！五角钱、印三张，看看不满意，帮你重新拍。

乡下人，都讲鸡屁股生蛋换油盐，然而听到拍照片，摇曳的村花首先就会赶到知青屋探头探脑，或笑语窃窃。小媳妇们怀抱着孩子，假装串门则打探虚实。我会找一棵大树，或去池塘边，或靠竹林子，端开相机说开拍。天晓得，村花坐姿、站姿、合影的，一拍全都二三张！散发学生气、不知愁滋味的小伙子，要拍的照片也不少。突然插个中年的汉子，后面跟位梳洗鲜亮的女人、换身新衣新鞋的孩子；他会气派十足地讲“拍张全家照，要拍全身的”。听快门响过，女人会提议让孩子们拍一张合影。汉子先白眼，气十足：去！赶紧把小鬼家的衣裳换下来！

120 胶卷，6cm × 4.5cm 的黑白画面，拍出四五个人的“全身”，岂不个个缩成火柴棍子头？那个女人用围腰使劲擦净手，再提照片的一角，对着阳光端详了又端详，嘴角咧开了：像！真像！心急的儿女踮起脚尖来抢，她伸手就给一巴掌，赶紧将照片递给男人，自己解开手绢包，将一角二角的纸币，一分二分的镍币，一并数进我手掌。

拍照片能惹得寂寞的村庄欢笑沸腾，让尖利的出工哨音也失去权威；平时最顶真的生产队队长，总也变得十二分宽容。他们吼声“不照相的下田去”，倒像告诉人家谁照相、谁享受开会待遇——记工分。有一天下午，拍照片的人不少，我耽搁了人家两个多钟头农活，要紧收相机凯旋，这时候，队长扔下锄头、跨上田埂、高喊“别走”朝向我奔去。我慌了，只怕他发狠，夺走我的照相机。他近了，我才见他挂着笑，不好意思地请我歇一会，候他换一身衣服，照张相。

我随队长来到他家的门口。他端出新木椅，先将母亲“押”到椅子上，又卫士一样，很严肃地守护身旁边。我举起镜头喊队长：要放松！得微笑！再瞄他的母亲，惊恐得竟然手脚都微微发抖！想起“摄精血”的讹传，我连连解释也无济于事。队长急起来，向母亲嚷嚷：卵伢（小弟）要你的相片，你寄这副面孔去，想要把他急死在部队？这一嚷，母亲立刻不抖了。隔天我把相片送过去，队长一看就乐了：嘿，李铁梅的奶奶，视死如归呐。

拍到1977年，我的照相机换成常州的“红梅”202，目的更明显：给自己迷茫的人生，探寻一条迷茫的“前途”！

2002年，我到周家埠去拍一批照片，即使偏僻的堂前镜框里，新拍的照片也已换成彩色，且放得老大、老大。若扛一台摄像机进周家埠，也没多少人觉得稀奇。只不过，再说照相机会摄人的精血，我保证，会惹得个个喷出饭。

吐祥村拾贝

到了 1980 年以后，逢山劈山、逢水架桥的修筑者，自将夏漾庵一劈两半，吐祥村的拖拉机，突突突自驶往汤家桥，有点“两岸青山相对出”的意境。

夏漾庵

撤乡之前吐祥村属汤桥乡，2007 年后改为上兴镇，解放前的夏漾庵，依然属于吐祥村。

夏漾庵平地兀然，规模约四五十亩，据说那是庵庙的遗址。夏漾庵与吐祥村之间，有一丘庵墩，十亩地左右。常州的旅游点，武进淹城的古国赫赫有点名，其头墩、脚墩、肚脐墩，成为埋葬公主的墩位，也就有了名。夏漾庵呼应庵墩，全都没有半丁点名声，庵墩难道缺少庵姑的归宿？

记得 1980 年之前，夏漾庵已长满了杂树，细竹密叶的，脚都蛮难伸进去。有人柴火缺得狠，拼命挤进夏漾庵，还是不敢砍竹子、砍杂树，而只敢捡点枯枝撸黄叶；若被干部抓过去，也只会教育，不会扣除工分、吃不定心饭。

也在 1980 年之前，在夏漾庵碰到的野物，譬如刺猬足球大、蟒蛇两三丈，真的不算少。“文革”闹得最凶时，吐祥村人钻进夏漾庵，还是捡枯枝，还真拣到了小狼。不伦不类出狼狗，肯定下了种。大家养草狗。于是拎起草篮将四只小狼，带回家去当狼狗养。村子的老狼，环绕村子嚎了一晚上。乡下人胆战心惊，天一亮，赶紧送四只小祖宗去夏漾庵，大家只求保平安。

到了 1980 年以后，逢山劈山、逢水架桥的修筑者，自将夏漾庵一劈两半，吐祥村的拖拉机，突突突自驶往汤家桥，有点“两岸青山相对出”的意境。那条机耕路变成了碎石路，又铺成了水泥路……越来越宽漂亮成白练。

夏漾庵的缺口越劈越开、夏漾庵越来越小。村委有领导，招商引资办工厂，发展经济创大业更一门心思。就讲庵墩本来长满竹子和杂树，后来大队就让人进庵墩开橡胶小厂，用再生的橡胶生产各式各样的密封圈。竹子败到差不多，橡胶厂也关了门，碎石铺小道进庵墩，残留的废料和垃圾，更一片狼藉。

日渐衰败的夏漾庵，乱发稀稀已露出秃顶。春天暖和了，扳竹笋的妇女出现了。她们步步扳向纵深处，前面一批走，后面一批跟上来，如拉网式扫荡，刚冒的笋尖逃不脱尖锐的眼睛。

如同夏漾庵没取到经济效益，任其存亡，同样很正常。

村民　村　村委

吐祥村的好几位老人，讲起梦周先生的日子，不讲“吃陈米，烧陈柴”，就会讲起“无荤不下饭”。老人以前描绘“大跃进”蓝图，则是“楼上楼下，电灯电话”。到了 2007 年，他们又讲“炒菜煤气灶，洗澡太阳能；带着孙子孙女，日子真的不算孬”起来。

改革开放之后的日子，年轻人都进城去赚大钞票。

老人家在吐祥村，秧仍要自己栽，但灌水，已有人负责；不耘稻，自有人撒除草醚；割稻时，请来收割机，只管麻袋里装稻。你讲一年空闲多少天？天天抓纸牌、搓麻将都有时间！玩一百元钱不算赌。午饭吃，蒙着眼睛转个圈，可以摸出一把赌博鬼。

再看吐祥村住房，家家变大变气派！只可惜，落下一阵两阵雨，村间小道又泥泞不堪。家家用起自来水，而且打井水，又可惜，原来淘米洗菜的那口塘，水花生都蔓透了塘间，严严实实掩盖起码头；原来洗衣服的那口塘，淤得还剩两尺水，谁家还用塑料网，拦出一角破棚子养三五只老鸭，塘水搅得也黑黝黝；原来洗粪桶、刷马桶的大塘，清得能数几条鱼，而现在，塘沿堆建筑垃圾，塘里半漂半浮塑料袋，还有点肮脏。

机耕路的水泥路旁边，围墙仿制一块赭色大理石，上书名家行楷金字“溧阳市上沛镇吐祥村村委”。旁边有一块小匾，铭刻常州市里扶贫捐款单位的大号。没人联想到化缘的寺庙。

村委的办公条件还可以。书记兼村长坐一个办公室，会计和妇女主任坐在另一办公室。在2007年之前，听说已经卖掉几百亩茶园，还清了数百万债务；这两年，集体收入零，靠上级拨下“复耕费”开支。

村长说，现在时兴“建设新农村”。我没钱，如何建设新农村？只不过，吐祥村还有一千多亩松树林。征用这里的土地，要比城里便宜许多……

叫卖仅有几件家当了，多少有一点凄凉。

穷庙富和尚。和尚致富没靠庙。致富的和尚不修庙。梦周先生复生，能否号召“致富的和尚”先修“庙”？

夏漾庵已建起了小庙，那费用倒真是吐祥村人自发捐助的。他们都说信菩萨。

吃羊子

一面盆的羊肉放在小桌的中央。摇曳的灯光里，十只眼如流星扫，五双筷似闪电下；两耳只闻咀嚼声，无人肯开闲杂口。突然“嗵”的一声响，眼、筷、嘴全都停止了动作。

你还知道吗，常州的知青上山进入山沟沟，鱼，一条一条吃，因而吃起鱼；肉，一刀一刀拎回家，也没哪个说吃猪。吃羊子，村里依然一条一条、实事求是吃羊子。我们买的那一条羊子，喷出香味到后来，再也补不齐；吃一条羊子，不付钱，还能抽一包“飞马”，如今更无法想象。

我们那时养羊子，说实话，十有九只不是为了吃羊子，也不纯粹为了卖钞票。养羊子，大家大多数积肥——或者卖给生产队，或施自留地。哪家母羊生羊羔，羊羔不再吮奶了，啃吃小草了，稍微有点交情的人，这时候，开张嘴，就能讨一只小羊。孩子放了学，背上的书包换成小草篮，河滩沟沿就开始满世界地割起羊草来。青草枯萎后，喂羊子，还得塞一点豆秸。大多生怕烧柴会不够，也就开始处置多余的羊：卖，或者吃。假若卖，又得收购站去问一问：收购羊皮了没？

收购站里收羊皮，也收购活羊。汤桥小街的屋边上，那个林子也敢收羊子。他收下羊子，在屋边的破屋里还剥皮、开膛、洗干净，煮起一大锅。捞出烂熟的羊肉，他压“羊糕”做零卖；剩下的羊杂，丢进已经煮得乳白的锅汤里，撒满大蒜花，号称“羊汤”，一毛钱一碗，现卖。羊汤听说香又鲜，喝一碗，一晚上不冷。我有几次都想尝尝羊汤味，但每次，看到鹑衣百结、蓬头垢面的林子，都不敢造次。那几年，林子太穷了，很革命的汤桥干部一直睁一眼、闭一眼，任他眼皮子底下大搞“资本主义”。不过到今天，汤桥也没谁再肯做羊糕和羊汤。

仍讲那一年，我在生产队的场上扬稻、堆草垛。三茄子眼尖，看到远处路边有一个人牵条羊，直往街上走。我没话寻话说，问大家，想吃羊子吗？接着四五个小伙子，丢下了生活，跑到路边上去围着牵羊的老女人，讲价钱。羊子牵来了，母的，十五六斤重；钞票我先付，二元五角钱。老鸹看到来真格，说声“我没钱”，转身就离开。

打拼伙吃羊，山沟沟里空前的高涨。晚饭后，知青的房屋首先成为屠宰场。羊子也被放倒板凳上。三茄子、虎头，一人抓住两条羊子腿，野猫一手握羊嘴，一手操尖刀，对准羊脖子就是一刀扎。羊血哗哗喷入半脸盆。野猫熟练、讲究剥起了羊皮，一边喊虎头：先去拔萝卜。你家的萝卜长得好。好汆羊臊气。

三茄子已回家，捆来一大捆硬柴，窝在灶门口烧水。银福也回家去挖辣糊，野猫让他带只瓶，顺便小店里去打一斤酱油。银福支支吾吾着。知道他为难，我又摸起五角钱，对他说，剩下的，买一包“飞马”。飞马香烟二角九，酱油一角五。银福报着账，把找下的六分钱又还给我，说，大家摊，大家摊。

野猫已将羊子拾掇得齐落。虎头抱着两根小孩胳膊粗细的萝卜、一把肥壮的大蒜，也都洗干净。

开水锅里开始汆羊子。另只铁锅里，野猫开始熬羊油。羊油装大碗，剩下的油渣，大家抢着就往嘴里塞。汆过半熟的羊子，野猫捞出装进了菜篮，特叮嘱银福：你到小河里去洗。淌的是活水，干净。

羊子洗干净，野猫一阵剁，丢进大锅子，酱油、盐、辣糊一股脑儿全都倒进去；灶膛烘烘的，更大烧起来。野猫喊停火。他再掀锅盖，羊肉里的浓香随着腾腾的热气，弥漫起小屋。他将大蒜抖锅里一炒，香就箭也似的个个朝着鼻孔钻，刺得填过晚饭的胃，空如也。

煤油灯，移进了壁洞。一面盆的羊肉放在小桌的中央。摇曳的灯光里，十只眼如流星扫，五双筷似闪电下；两耳只闻咀嚼声，无人肯开闲杂口。突然“嗵”的一声响，眼、筷、嘴全都停止了动作。

谁？银福朝着闩紧的门发问。

三茄子嘻嘻笑起来：“我放的屁。”

笑声炸开险些冲破草屋顶。等到大家摸着肚皮点起了“飞马”，面盆里的实质性内容，已寥寥无几。

第二天，队里交公粮，我们把羊皮、羊油、羊小肠，大大小小的羊骨头，带到街上一齐送进收购站。出来时，野猫咧着鲶鱼嘴，笑得不停地用手掌抹口水。我一问，居然卖到二元九角五分钱：白吃条羊子，外加一包“飞马”烟！

朱老太

朱老太觉得天花板在头顶上旋，下意识蹲下身子，两只手撑着磨砂石水门汀，不让自己倒下。她也不让老马扶，那模样，好像在与客厅生离死别。

朱老太今年91岁。三年前，老街坊告诉她，政府要退还“1958年改造的房子”了。她佝偻着腰，在大门口候了两个半月，望着谁像工作同志，便堆起一脸笑凑近去，问是不是来看房子、来落实政策的。乱风一吹，花白的头发在面孔上飘飞，吓得好几位行人拍着胸口朝后退。

门口没候着，朱老太便在儿女面前唠叨。儿女们早已经问过，怕她噜苏不讲给她听。朱老太继续唠叨，儿子厌烦，才没好声地说，资本家的房子不退还！朱老太朝儿子对面一坐，责怪儿子：你为什么不问他，我们的房子是剥削来的，现在哪个老板的房子不是剥削来的？为啥不去改造？

20年前朱老太知道了说这些话不再犯法，对儿女们至少也“理论”过一百遍。

这么多年，朱老太见识得比谁都多！奉军在上海骂“妈拉个巴子”，十九路军在商务印书馆跟日本人打仗，蒋经国到上海抓米蛀虫，金圆券装在麻袋里当柴烧，解放后三反五反打“大老虎”……朱老太都见识过。关于“对1958年被改造私房”的政策，她其实知道的也不少。可是没办法，只有埋怨老头子：张老五、王家骥劝他不要造房子，一起到香港去，他说政府鼓励大家办实业，恢复国民经济，他要响应号召，在常州办一家大公司，楼房造好后，一楼全部做大公司的写字间……

儿子知道，朱老太讲起房子来，可以不吃饭、不睡觉。丢下一句：哪天你自己问去。再不接她的茬。朱老太呆坐了一会，自言自语道：我还会去问的。我还要去问小王那个赤佬的。

朱老太的房子中西合璧。在解放那一年的常州，也算得上鹤立鸡群。朱老太当年 30 岁不到，站在阳台上“一览众屋小”，着实神气。只是老头子的大公司没等到开张，先来了个“三反五反”，随后米行、木行、锯板厂也“公私合营”。一楼当不成“写字间”，朱老太便连带其他空闲房间，一间间赁了出去。

1958 年的一天，朱老太从娘家回来，发现除了自己住的二楼，其他房间的上门框，都让人用白漆刷上了“经租”两个字。一打听，原来是房管所刷的；哪间房子刷上了“经租”，哪间房子就归了房管所！老头子三爿企业“公私合营”，朱老太一点不心疼，小洋房忽然成了房管所的，她却实在受不了，急火攻心，竟昏死了过去。南大街有个书场，说书佬说到清兵入关，骑着骏马圈地，马跑的圈子多大，多大的土地就归他，朱老太曾笑道：真是说书佬！真要这样，天下没王法了。过去的王法后来叫政策。现在政策落到谁头上，跟王法一样，是不能反的。

朱老太 55 岁那年，政策又勒令她搬出小洋房，下放到山旮旯里去。这一回“扫地出门”，朱老太却浑身轻松。抄家、戴高帽子游街、站在大门前低头认罪，这两年斗得她死的心都有，离开常州，离开小洋房，是在放她的生。

朱老太做梦都没想到，10 年之后，会有一个让她返回常州的政策，还有一个把二楼还给她的政策。朱老太打探到这个好政策叫“全部退还‘文革’期间的代管私房”，得陇望蜀，找到区房管员小王，要讨还头进那间灶披间的平房。小王升所长了，对片区的私房公房了如指掌。他说那间是 1958 年改造的，不在这次政策范围。朱老太说在政策范围，和二楼一齐被你们拿去的。王所长翻出小洋房平面图，点着灶披间说，你看，上面写着“经租”，是 1958 年改造的。

像是王所长抢了她钱包，又拿出依据证明是自己的，朱老太气得浑身发抖：枪毙犯人前，也要他签字画押，你们自己在纸上写个“经租”，就把我的房子改造了，天下还有这样的王法?

王所长忙给朱老太倒水：这是政策，我也没办法。要不你去找市房管局，原始档案在他们那儿，他们同意还，我屁话不说一句。

朱老太不懂这叫“踢皮球”。市房管局比区房管所大得多，朱老太已经 70 岁，跨进承办人的办公室，腿也软了。局干部架子大，瞄了她一眼，淡淡地问她来做什么。朱老太扶着办公桌，缓了一阵气，说灶披间要落实政策。局干部盯着报纸，喉咙口“唔”啊“唔”。忽然站起来说，你讲不清楚的，让你儿子来。朱老太问哪儿没讲清。局干部不耐烦起来：跟你讲不清的，让你儿子来。我要下班了。

朱老太回到家，晚饭没吃，躺床上难受到半夜，强撑着下了床，把头探到窗口外。大门大敞着。朱老太对着天井喊：谁最后回家没关大门？没人应，只好披上衣服，唠叨着“作孽哦，我这幢房子害了你们”下楼梯，在黑暗中摸过客厅、天井，摸到头进去关大门。

上年腊月里，大门被老何踢坏了。那天半夜朱老太听到敲门声，答应着“来啦”，跌跌撞撞走到天井，大门哐当一声已被踢开。朱老太摸着开裂的门框，心疼地说小何你把大门踢坏啦。老何说敲了半天没人开，我总不能不回家！老何住一楼东厢房，独身，踢破了大门，就跟他再不相干。房管所也不修。朱老太买了把新锁，喊儿子装。儿子说，贼进门先偷一楼。你住二楼，急啥！朱老太无奈，只好自己日夜提防。

客厅正中原来摆一张红木八仙桌，两侧齐整排列着茶几单靠，也是红木的。朱老太从溧阳返回常州时，客厅已变成公用厨房间。朱老太见灶披间住了人，便把煤球炉，后来是煤气灶，和一楼老何、老马家的厨灶，在客厅上来了个“三国鼎立”。看惯了，其实也一样。但后来，老何要在客厅东南角砌道“L”形墙，隔一间灶披间，连接起他的东厢房，再把房门改到天井里。朱老太就不让砌了。老何说房子是我的，你有什么资格？朱老太说，这房子是你前世造的！端张板凳往墙中间一坐：要砌，把我砌里面吧。老何敢踢破大门，但不敢碰朱老太。于是找到王所长，说哪天把墙砌好，我哪天付房租。

王所长只好亲自找朱老太，悄声劝道，老何一条光棍，你睁一眼闭一眼，算了，别跟他一般见识。又暗示朱老太，客厅五八年也已改造。老何隔去的客厅，他已付了好多年房钱。

再往后，好政策一个接着一个来了。三楼上两家“房客”，一家搬进了什么“花苑”，一家搬进什么“公寓”。鸡窝，破缸，烂木盆之类，都扔在了小洋房的阳台上。灶披间的“房客”也搬走了。一楼西厢房的老马也要搬。临走前他对朱老太说，单位给了我一套优惠房，我还买了套商品房。这间房子卖给你吧。

一口气噎在朱老太喉咙口。自己造的房子，房管所刷上“经租”，成了房管所的；房管所租给老马，又成了老马的；现在，老马把房子再卖给自己……老马见她不说话，以为嫌贵，手一划，划过三分之一的客厅，说：这也是我的面积，一齐给了你。

小王这赤佬，讲好客厅是“公用面积”，现在把公用面积也分掉收房钱去了！朱老太觉得天花板在头顶上旋，下意识蹲下身子，两只手撑着磨砂石水门汀，不让自己倒下。她也不让老马扶，那模样，好像在与客厅生离死别。

房子也怪，长久没人住，一不小心就塌了。三楼长久不住人，塌没塌，就是漏雨。朱老太91岁这年，台风暴雨铺天盖地，三楼上水片沿着内墙淌，天花板垂下七八根水柱，灌进地板缝，又洇透了二楼天花板，滴滴答答都落在朱老太的床上、台子上。台风过后，危房检查小组走遍一条街，就是不拐进小洋房。朱老太知道自己老了，跟他们说理，愿意应付你还算客气，便折了张报纸，鼓足勇气到房管所找小王。

报纸是垫屁股的。走累了，朱老太把报纸铺花台上，没有花台铺台阶上。怕忘了“台词”，坐下歇气的时候还要背几遍：你们改造了我的房子，只收房租不修理。现在一楼往上蹿烟，三楼往下漏雨，我住在二楼，让我怎么过日子？然后继续朝房管所走。

朱老太颠颠地走进大院。恰好王所长准备回家。王所长还有一个星期退休，他在房管所工作40年，围绕着那幢小洋房，跟朱老太也打了40年交道，现在看到富富态态的朱阿姨，干瘪得除了骨头就剩皮，还真动了感情。他知道朱老太想听什么，打开办公室让她坐下，一边泡茶，一边不负责任地说，我估计啊，下一次再要落实私房政策，就该轮到你的小洋房了。你千万要保重身体，争取坚持到那一天。

朱老太本来准备跟王所长吵一架的，听他这么一说，气消了一半。可说完一楼蹿烟、三楼漏雨，声音又拖出哭腔：这日子，你说我怎么过啊。王所长打断她话头：你放心，马上派人去修。

朱老太脚步一下子轻健起来。去的时候歇了三次脚，回家的路上，太阳毒辣辣的发着威，她只歇了一次。可年纪不饶人，回到家，热得已经什么也不想吃，赶紧躺到床上，想这想那，想到 40 年来，这赤佬从来没有这样爽快过，觉得又受了他的骗。

忽然听到楼下有人喊：家里有人吗？朱老太爬起来，把头探出窗口，三个戴安全帽的瓦工，站在天井里打量她的小洋房呢。来啦。朱老太应着，抽出一条新毛巾，噔噔噔跑下楼梯。一问，果然是来修房子的，把新毛巾搁脸盆里，就推他们去自来水上洗脸，凉快凉快。又喊他们看客厅里露着“肋骨”的天花板。瓦工小头目说，你要抹天花板，跟王所长讲就是。今天我们来盘瓦。

朱老太兴奋地把他们领到三楼，指点着他们从阳台爬到屋顶去。天实在热，朱老太仰着头看瓦工盘瓦，让太阳晒得眼花，心也翻。她忘了自己忙了半天，早饭没吃，午饭也没吃，回二楼躺了一会，觉得好些了，拎着茶杯热水瓶又往三楼送。到三楼有 17 级楼梯，朱老太走到 15 级，天花板在头顶又旋转起来。赶紧蹲下已经来不及了，朱老太跟着热水瓶，连滚带滑，发着惊天动地的响声，摔到了二楼……

现在的医学实在发达。朱老太在急救室被女儿哭醒了过来。她第一个看到瓦匠，马上打起笑，说，老太婆没缠头，诈死，把你们吓坏了吧。见儿子也在，又两根指头贴着嘴唇，示意给瓦匠敬烟。女儿鼻子一酸，又掉下了一大串眼泪。朱老太白了她一眼，用常州普通话说：你哭什么啊。我死不了的。我要坚持，坚持到政策出来呢。

洋井

残缺，也有一种残缺美。譬如历史，不就因为有了诸多的残缺，才展现出它的整体美吗？我们不能过多的苛求历史，但应该，也可以记住历史。

突然想起了洋井。20 世纪 80 年代，常州好多老巷深弄里，它们还在充分发挥着功能，而今骑着电瓶车一路寻过去，已经全不见踪影。不见就不见吧。别说它是 20 世纪初从国外引进，即使是我们民族的引水工具，譬如有着两三千年历史的古井、一千多年历史的水车，说淘汰不也就淘汰了。

之所以想起洋井，那是因为我家的小洋楼，被市政府挂了块貌似文物保护单位的铭牌——说貌似，则因为与市级文物保护单位相比，至少低了二三个档次——但至少又受市政府的保护了。

我佩服给我家小洋楼挂牌的专家，有眼力。我家的小洋楼，建于新、旧社会交替之际，论历史七十年不到，但糅合了“新”“旧”民居的特点，刻上了时代变革、苏南地域的印记。譬如说，天井是江南老宅一大标志，而小洋楼搭配的多是花园。我家的小洋楼，建成了一个“L”字状，前面空缺处，横一幢天窗突兀的平房，竖十二扇原色杉木大排门；西侧的空缺，一色的清水砖，扁砌起一堵大围墙。一座方正的天井，自然而然落在了中央，也将平房和谐地过渡到洋楼。

江南老宅的天井里，总有一口提水的古井，我家小洋楼的天井，打的是洋井——总以为洋井是俗称，百度了一下，也没“度”着洋井的学名——它用一根长长的铁管，空心的，深深插入地底下；揿动按在上部的铁臂，真空虹吸，清澈的地下水，便一股股从龙头里喷出，落到龙头下的水桶或者脸盆里。有了这一口洋井，我家就无须像周围的邻居那样，置一口大水缸，去大运河挑了水来，用明帆去泥沙杂质，然后食用了。不过，有一次，我无意中发现，平静后的洋井水，在盆底也留下了细碎的杂质，后来，还发现过扭动的小虫，于是，我们食用的洋井水，也必须沉淀上半天。

我家的洋井前，还砌了个很大的水泥池。母亲衣服洗得多，或者洗被单被面之类大物件，从洋井里揿出一池子水，然后弯下腰，抓着衣领或被角，在水池里无拘无束地飘荡。过净肥皂沫的衣物，晾到横在三楼阳台的竹竿上；过衣物的水如果不太脏，母亲就用它擦抹长窗——长窗涂的是荸荠漆，有两排，相对于天井，一排兼作平房的后墙，一排充当洋楼的大门——或者用拖把，拖洗客厅蓝底白点的磨石水门汀。母亲说水不能够糟蹋，糟蹋水，作孽。

洋井也会打不出水。不过我揿几下铁臂，就能准确判断故障的所在。一般情况下，用手捂住龙头口，朝井口里灌些水，再揿几下铁臂，水自哗哗的喷出来。天冷冻住了，那得火烧，或用热水浇；一旦密封圈漏气，换上个新的，动刀动枪就麻烦了。

“文革”第二年，我家被扫地出门。10年之后再回小洋楼，排门换成了砖墙，龙脊改成了洋瓦……洋井也被连根拔去了。有人说，是被房管局没收的，也有人说，是被占据小洋楼的“革命者”，卖给了废品收购站。没有了洋井，依附于洋井的水池，也就顺理成章消失了。

常州城捣毁一个天宁寺，重建了，依然是天宁寺；拆掉了一个石龙嘴，准备再建，还是叫石龙嘴。小洋楼的洋井被卖掉了，常州市政府估计不会再去装一口了——残缺，也有一种残缺美。譬如历史，不就因为有了诸多的残缺，才展现出它的整体美吗？

我们不能过多地苛求历史，但应该，也可以记住历史。

沧桑白果树

讲同学情谊，还是小学里深厚。我们不但坐一个教室，而且住在一条小街乃至一条弄堂。放了学，男生头碰头的弹弹子、刮“洋片”、滚铜板；女同学聚一堆，跳皮筋、抓“雀子”、“造房子”……

龙兴在龙年那天遇到我就说，我们的小学六(1)班同学，到今年，没有担任部长省长或当大老板，不退休，也快要退休。我们联系几位就几位，聚一次会吧。

花甲老人找来小学的同学聚会，听起来好笑，品滋味，多少有一点心酸。我们一班人，讲念书，念满小学加一年初中，就碰到了“文革”，有人还跟造反派、保皇派瞎哄。接着插队的插队、进农场的进农场，广阔天地炼起了红心。再回城，尽管有人夜大、电大、函大、党校的又读上几年，讲同学情谊，还是小学里深厚。我们不但坐一个教室，而且住在一条小街乃至一条弄堂。放了学，男生头碰头的弹弹子、刮“洋片”、滚铜板；女同学聚一堆，跳皮筋、抓“雀子”、“造房子”……对方的父母亲，甚至爷爷、奶奶，无不熟悉得像自家人！现如今，何处还可享受如此的待遇？

龙年的三月，我们16位升任爷爷奶奶的同学，在一张大圆桌里聚会了。他们推荐我主持。我首先点名杨玉凤：你插队蒲村，我下放到周家埠，二里路不到，一直见面不讲话，对不对？你最伟大的，是2年不到就调回常州。你好福气，必须先介绍经验。

杨玉凤简单介绍罢经历，指着我，便开始控诉：“记得小学里，你和我坐一张桌，我跟男生全不讲话。南河沿小学的张老师上图画课。那一次，见他快要走进教室了，我轻轻喊一声：瘸子要来了！没想到，张老师走进了教室，你就举手打报告，将我出卖了！”

老师每桌都给我们男生“搭配”了女生，我记得。我对孔老夫子“男女授受不亲”自觉执行——虽没视之如仇雠，但在桌上划一道“汉界”，女生胳膊肘越境，我拳捶掌劈绝对不怜香惜玉。我叛变、出卖了同桌？真的不记得。我大笑，依然为曾经的卑鄙下流开啤酒，为“杯壁下流”自罚了一杯。

杨玉凤和王英、余燕芳等四位，都是常州五中的同学、汤桥蒲村的知青。杨玉凤等两位先调回常州。王英种田种到五年后，汤桥公社把她调进工作队，不当干部也当了干部。剩下余燕芳，则与小吴谈起了恋爱。

我与小吴属于周家埠知青。余燕芳相会小吴的那天，遇到我，塑造起王英形象，说她担任工作组之前、探亲回蒲村之后，曾经背一书包糖果和饼干，乘黑夜，挨家挨户地往干部家送去；还说她例假，天变冷，照样下田去插秧，不要命等等。

一年后，我在自留地栽秧，一抬头，王英蹲到田埂边，波澜不惊地告诉我：工作组解散，她也回到蒲村种田了。她与余燕芳的自留地，已分开，各人种各人的。她的秧，今天已插好，出门去转转。她问我，你要不要帮忙？

我应声“好”。以为她说客气话，不料她脱鞋绾裤腿，踏进了水田。

她栽秧的架势很漂亮：不急不慢，燕子衔泥轻点水；我拳头巴掌、叮咚六响，浑身解数拉不开她的距离。太阳三竹竿高，自留地完成，我自邀请她共进晚餐。她提起鞋，爽快地就跟我走。

那晚请她吃了什么菜，我记不清了，但记得，我进地里割来菜，她面对面拣菜，夸我蛮会过日子，还抢着去洗菜。我站小河边陪她，也吸引了村上好奇的目光。吃完饭，又抢着洗碗，丝毫没有做客的拘谨。

她第二次做客，借着煤油灯，把我床角落的一堆脏衣裤，又洗得干干净净！我回访她家，她打着手电，坚决把我送到了村口，更令我感动。小吴打趣说，我们要做连襟了。

霜降无老少，青黄一齐倒。大家割了稻，没日没夜开始脱稻了。王英突然沿着大路绕到周家埠场上，告诉我，贫下中农推荐她上大学去了。一位农民挑着她行李，站在大路上，就是等她来向我辞行。

王英离开后，村上竟有人看到：大队书记的老婆在床底发现一双鞋，认定是王英的，便用菜刀狠狠斩四截，扔到女知青的屋顶上。我宁愿死，也不相信他们所谓的“真话”！

再与王英见面时，我的女儿已读到研究生，我得陪她去采购用品，结果被暴雨逼面馆里，索性坐面馆，要了两碗大麻大辣的西北拉面。拉面刺激得满头汗珠，我取张餐巾纸，眼前先一亮：长相富态、衣装华贵的，不是王英又是谁！时光老人似乎特别偏爱她，掠过她额头、眼角也轻手轻脚，不肯留丝毫痕迹。

我抑制久别重逢的激情，等待目光相撞与火花迸射。

王英果然盯住了我：你，你姓汪？

我不由一笑：我姓吴。你是王英吧？一点没变还那么漂亮！

你变了。我还以为你姓汪了呢？王英于是问小吴，儿子读哪个大学。“真的余燕芳小吴，做生意，已经发了财。”我仍编织可怜巴巴的故事：小余下岗快二年，女儿技校毕业找不到工作，我苦死喽。

王英先嗯嗯，再用首长式发言，放之四海而皆准地给了我宽慰。她不再询问“姓汪的”怎样。她滔滔不绝描述着自己的幸福：我的先生在某局任副职，我在某公司任财务部经理……手机响起来，她去一边通完话，告诉我，有急事，要先走了，希望我去她家玩。她家住哪儿，没有告诉我。

海碗剩下的拉面，我拨拨，已凉了。

大圆桌里聚会的气氛，很快就浓郁起来。我请小学的班花、如今的干瘪老太婆发言，借一口酒，仍先“讲当年”：你在5年级时转到我们班，美得好几个男生眼发绿，不认真学习！你是否知罪？

她简单汇报了自己的经历：先讲“文革”再讲改革开放再讲她退休。她依然指头直接点上我：在全班，我最恨的就是你！那一次，我无缘无故，你为啥给我吐唾沫？

我真没法记得了。当然大笑甘心再罚一大杯。也总结：我终于明白了，我是女生心目当中最坏的男生，留下最最深刻的印象，更让女生永远刻在心窝窝。由此我请女生共同干一杯！

我与洪根共小学，共同考取四初中（8）班，可谓是缘分。这次联系“小学生”聚会，我遇见洪根，他骑辆老旧的自行车经过，我想招招手，还是摇摇头。

读初一，你我如“蜜月”。大清早，洪根总是敲响我家木排门，钻进门缝用略沙的嗓音喊：要走喽！见我早饭没吃完，会耐心等着，然后肩并肩，30分钟同步走进四初中；放了学，依然肩并肩，漫步30分钟同回家。吃午饭，饭盒蒸在食堂里，有饭也有菜；你会夹筷菜给我，我也夹一筷给你，要洗碗，也不分你我。一年没有到，铺天盖地的大字报，替代期末考试了。学生提前放假了。

暑假特漫长，秋天终于“复课闹革命”。读“红宝书”，“斗、批、改闹革命”，教室里，学生愿坐哪里可以坐哪里。我身边座位空着。我看到洪根，连忙招招手，若以前，根本不用叫。可这次，他摇摇头，没有动弹。

我终于承认：“红五类”“黑七类”已泾渭分明了。洪根的父亲是常州油厂老工人，市劳模，“红五类”之首；我的父亲是大资本家，臭名“黑七类”之末。洪根不再敲我家排门，不再等我肩并肩回家，我非常理解，应该习惯着孤独。只不过，你我30分钟一条路，经常相遇、不知不觉仍会挨近他，害得他，东张西望仿佛与小贼同行，非常的尴尬。

郊区收稻了。“闹革命”的同学去“学农”，我和洪根仍被分一组，一起吃饭、头挨头的睡地铺。田里割稻子，屋子铺稻草。洪根躺铺上，敷衍几句转过脸，我想想，索性撸起稻草遗漏的穗头，回家去喂鸡——我的两只小母鸡，从不嫌弃我，还亲热地围着我的脚旋转。我在铺上撸干净，移到灶头边，又撸到一把。

“学农”结束了，郊区的农民们请客。我把饭盒打进了铺盖，用碗盛起晶亮的新米，夹着脸盆里猪肉烧起的红萝卜，鲜得满嘴都是油。离开前，老师突然叫住我，让我打开饭盒子。同学全都围过来。我毫不介意。同学们惊叫了起来：稻！他真的偷了半饭盒稻子！

我没偷！我在稻草里撸的！你去问洪根！我相信洪根会讲一句公道话。洪根却悄悄走远了。老师也打断我申辩，教育我：你哪儿撸的稻，都是贫下中农的血汗。你不劳而获、攫取贫下中农的血汗，你说属于啥性质？回去好好挖挖思想的根源，写出深刻检查给全班通过，然后交给我。

在老师的命令下，我穿过同学鄙夷的目光，梦游似的走到晒场里，将饭盒里的稻子及我的自尊，统统倒进了稻堆。

只是想不通，没法写检查。老师后来也没有查问。与我不太要好的同学，告诉我：你“偷”稻子藏在饭盒里，那是洪根汇报老师的。

初中二年级的那一段印痕，如石刻。百思不得其解的，还是“人”，究竟如何能算一个“人”？

龙兴与我共同举办同学聚会时，曾经设法联系建平和建中：打电话，号码已没法找到；他家老房子破旧，敲敲门，总是没人开。大家坐进大圆桌喝酒，我又问诸位：同学们，建平建中现在住哪儿？

全都摇摇头，说，已经好几年没见到了。

我真想找到建平聚一聚，请他喝几杯。绝不是瞎嚼！

我们这个班，建平、建中双胞胎。论当初，双大建中不足惧，对双二建平，我却时常冒出“既生瑜，何生亮”的哀叹。五年级期中考试，传说建平的数学考砸了，哼小曲，我还哼了一下午。报分数时建平 98 分，第一名，我 94 分仍第二！忙向吴老师解难释疑，又说人家都讲的，这次建平只考 60 分。吴老师看透我的小伎俩，她眯眼告诉我：你听错了。这次考砸的是孙兵，是我的儿子。

考初中，我考取“三流”四中，建平考取了二中，全省五年制试点中学；

下放殊途同归回城市，我上轮船公司当水手，他进食品公司卖猪肉，一起考取了电大：我文科毕业调任教育科；他财会毕业晋升为会计，又自学中文，三年后，轻轻松松当上“双博士”！

那一天，老母亲很紧张地告诉我：建平给人诬告贪污了！

拿不出真凭实据来，领导仍要放他菜场卖鸡蛋！他不服，突然离家上访了。一个多月还没回来，他的老娘快要急死了！

三年后，我再遇到了建平，他守着一辆老年三轮车，站在桥背后面竟卖起水果！胖得还改了相！他告诉我，吃激素药吃的。上访回来脑子有了点毛病，他住院，住了一年多。现在还得大把大把地吃药，不吃的话，可能会复发。

我问他，为啥不再上班了。他的回音震耳朵：经理说我毛病没看好，让我在家里歇着，月月基本工资不会少。

我觉得他没好彻底。正常人，谁肯毫无顾忌地讲自己有毛病?

他问我，要不要买红富士，“老同学，只赚你一毛钱一斤。”

我说单位刚发了两箱，吃完一定买你的。过了年，他的三轮车斗换了花生、瓜子之类的炒货。他告诉我，这一阵，水果不大好卖了，“我见机应变改卖起炒货。抓住了商机，差不多每天能挣十块钱！”

建平啊，商业是什么狗屁用语啊！再往后，他病怏怏的老婆去世了。终日呵护建平的母亲撒手西去了。女儿快读一年级，建平常带女儿一边卖水果、一边教她念“鹅鹅鹅，曲项向天歌”，念“白日依山尽，黄河入海流”。老街坊知道他有大文化，趁儿子媳妇不在家，总请他当孙儿孙女的启蒙老师。建平不推辞，把水果车停在人家的门口，找块小黑板，写上汉语拼音“a o e i u”，或者英语字母“A B C D E”，用粗黑的中指当教鞭认真领读，经常忘记做生意。

建平的女儿考高中，他推着老年三轮车仍卖水果。他被激素催促得肥胖，变得又黑又老了。老街坊们经常买他的水果。喜欢斤斤计较的那些人，还从来不还价。工商、城管完不成征收任务，转到老街来清理“死角”，逮住没领营业执照的建平要罚款，那些老人更一拥而上，像掩护地下共产党一样掩护着他逃“虎口”，而且成了这条老街上面唯一的保留节目。

龙年聚会之后的马年，我终于找到了建平的消息：武进的老板请他到乡下去，享福了。

老板原来在武进种田，养了大女儿。接着养下二女儿，送给了建平，自己继续养，总算养到了儿子。他在村上先开小工厂，发展、壮大发起了大财，造大楼房更显出威风。得知建平蛮作孽，他乘机开口，“认”了二女儿，用啥费用他全部负责。建平很善良，老板索性敬请他到“乡下”去“住两天”。建平的清福，由此一直享到了今天。

龙年聚会我仍记得挺华喝闷酒。他有话无话说两句，有心事。

小学四年级，我已迷上了刻纸；窥伺着挺华，则得知，他有秘不传人的“精品”。我全方位地讨好他，也终于爬上他家昏暗的阁楼，在15瓦的灯泡下，欣赏了他的所有的刻纸。我软磨硬缠，发誓不外传，还获得了他最精品的“复印权”。临走时，他还送给我一把刻刀，钢锯条磨的，很锋利。

我很快创新，临摹“洋片”上的关云长、黑旋风，贵妃醉酒、李白哦咏等，使用锋利的钢锯条，刻印帝王将相、才子佳人等“精品”，厚厚夹满了五本杂志。后来全家被赶走，我付之一炬。

我为芝麻小事与挺华翻了脸。他告诉我，在隔壁房间缝眼里，看到叔叔阿姨打架的，叔叔凶，伏在阿姨身上贴着她的嘴哈气。他要做叔叔，让我做阿姨。我说比摔跤，谁输谁去当阿姨。我赢了，压住他的脸，就乱哈。挺华气急败坏跑到教室里，把我钢笔墨水甩了个精光。我要他赔。他虎着脸，把他钢笔里的墨水挤给我，再也不睬我。我很懊悔，几次想求饶，小学毕业了，奔东西，自动解散了。

一晃三十年，连到轮船公司的大会堂、大食堂，出租已变成酒家，我也终于碰到了挺华。两手相握格外亲。挺华告诉我，这爿酒家就是他开的，投资四十多万呢。他让妻子当酒家老板，自己和朋友合股，做机械生意，也算当老板。接着他向我介绍妻子。她浓妆艳抹，与我谈吐倒得体，只是交谈五分钟，“请多介绍点生意，自家人，我保证优惠”重复了三遍。

商人味道我已闻不惯，便转题，问起挺华的女儿。

如今男人标志“三大件”：孩子、事业和金钱。挺华还真齐全了——二十四中是重点中学。他的女儿读初二，距大学，一步之遥也，而且蛮漂亮。看不惯的，是她戴着金项链，对打工妹颐指气使，缺点学生味。

时隔半年余，再去挺华的酒家，门庭改换成 OK 厅了！我问吧台的小姐，挺华到哪儿去了。她想了半天，摇摇头：这个人，我不认识。

挺华去老街，骑摩托车碰到了我。我没寒暄，忙问酒家怎么了。他说三十万元钱“盘”掉了，添进去十万，把银行贷款还清了。“这个卖 × 的，要做老板，一年不到亏掉了我二十万元钱！”

“和人家污搞！ × 他娘，我们离婚了！”挺华接着讲，他的公司也名存实亡，和合伙人一起，追收宕欠款。

商场如战场，兵败如山倒。我想起了他女儿。孩子是未来，有孩子就有希望。

挺华更沮丧：他们闹离婚，女儿恰好考高中，考砸了，重点中学被淘汰，进了一所谁想进就能进的技校。“都坏在那个卖 × 的手上！”他咬牙切齿：你借给我十万元钱好不好？二分的利，三年本利清。我就不相信翻不过身！

我记得，他的妻子埋怨过他：这个人，不顾家，手头有点钱，整夜的赌！于是打哈哈，说，十万？借个一二万，倒好帮你凑一凑。

那就算了。挺华戴上头盔与我握握手：关键时候我会请你帮忙的。

三年后，挺华给我打电话，说，女儿学财会已毕业了，想请你帮忙，落实个单位。旁边有女声补充：花费多少尽管讲。我听得出，他的妻子在补充。他们在女儿的“关键时候”复婚了？我没问。只回答：好。我一定争取！

我在联系挺华聚会时，挺华正好打电话，介绍我买一张仙躺椅，可以治百病，本钱只需 9999 元钱。我说你做起传销？当心倒大霉！

聚会他去大圆桌，只喝闷酒啥事都没提。

六（1）班的凤生考取五中据说任班长。他插队苏北新洋农场后不久，便回到宜兴乡下仍种田，接着当上小工人……在龙年同学聚会的第二天，他找到我的办公室，不知不觉竟聊了半天——

仍是分别 40 多年的老常州、老同学！想到啥讲啥。凤生先讲小工厂倒闭，自己的生意；生意不大好，索性去帮人家炒股票。还讲起儿子，说他“不争气”，媳妇娶了，女儿已经四五岁，他还是吃我的、穿我的，盯着电脑玩游戏……我笑道，你赶走儿子，或者租间房子你自己居住就是。凤生说，没有用。我住到远处，肯定他会跟着走过去。这时候，他的手机响起来。他的孙女喊爷爷：你快点回家，吃饭喽。他的脸上溢出的笑容，真的可以捧。

我说他，你真的想赶走儿子？算了吧！

凤生找我聊天都趁我在下班之前 10 分钟。他说不去浪费你时间。

他仍说儿子。这次说他在玩“杀人”之类的游戏。“杀人”越多，级别越高，玩家出钞票买“级别”的人也越多。儿子“杀人”不费力，“杀”到“高级别者”再去卖，一天笃定能赚三五百元银洋。

他还讲，韩国人办一家网络游戏公司，儿子凭本事，已经当上常州站经理。这家公司去年底，好些大城里的“站”倒闭，儿子当经理，少说一个月，还能赚到三五千。“再好有啥用？他的钱没拿回家！我负担不起他们了。”

我分不清凤生在夸儿子、还是骂儿子，也就想到他家去看看。他租住的房子60多平方米，三代小五口，小虽小，聚在一起挺温馨。他请我喝酒，我让儿子陪我喝，当然为说教。儿子很坦然地说，我会报答老子的。啥时报？养老送终啊。我很严肃地告诫他，你爸妈已超过60岁，现在就该报答了。

两天后，我问凤生啥效果。凤生说，我老婆说你的脑子，好像有毛病。

在2013年，凤生买下120多平方米新房，三代五口依然温馨住一起。我也退休了。也发现，凤生仍与好多朋友在亲热交往，不简单！

我在2015年，竟讲凤生“吃饱了，硬撑”：寻历史照片、写“岁月如歌”，张三李四、王五麻子大合作，只为68届五中3班的老知青，费劲编几张册子，为了啥目的？多少子孙后代想看看？你先问问你的儿子和孙女。

凤生他们在2016年，还真花出点工夫，将有点厚的小册子，一人一本送到57位“五中3班”老知青手里。以后“AA制”，好像一起吃饭还要一起去旅游。

在2000年左右，常州的白果树，开始四处种起来。

我记得，小弟14岁时下放山脚边，每天赶到高淳椏溪中学去读书；念到15岁，成分不好严禁读高中，中学那棵单独的母白果，600多年了，照样生白果。

常州武进区的横林镇，大林寺赫赫有名，有位老人同时介绍我去白龙庵。不过两三里，我顺便瞻望：庵里两棵白果树，居然已800年!

宜兴曾经属常州，现在归无锡。在2016年，我和凤生一起寻到周铁镇横塘，那棵白果还真四五个人才能合抱!树高28米，树冠遮荫500余平米，老寿星，已经1800余年了！据传说，那棵白果树是孙权的母亲亲手种植的。至今堪称神奇的是，那砍伐树枝者，即遭至厄运；寿星白果树，树干所以仍保存完好。

吊瓜（外一篇）

摘回的吊瓜，大舅子老夫妻一只只剥开，连瓤带籽挖进淘箩，蹲到小塘边，倾斜着腰使劲搓揉。揉碎的吊瓜瓤像墨黑的烂污泥，嵌满了两人手掌心上每一条纹路，把淘箩周围的水也染得墨黑。

大舅子种了五亩地吊瓜。我到了村上，抿过一口茶，迫不及待便往吊瓜地里跑。老鼠牙齿大的吊瓜子，城里的炒货店卖二三十元钱一斤，吊瓜啥模样，种过十年田的我，却从未见识过。

老远就看到一顶浓绿的“大帐篷”。那是用水泥杆、铁丝网架起的吊瓜棚，但见吊瓜藤肆意蔓延、枝叶交织，早已爬满吊瓜棚，犹如覆盖上厚厚的绿毡毯。一只只吊瓜，青的像迷你型西瓜；染上橘黄的，状如蜜橘，墨绿的条纹褪得一干二净；熟透了，又变得金黄，越发叫人怜爱。青绿的、橘黄的、金黄的吊瓜，宛若吊挂绿帐篷上的小灯笼，一阵风起，微微晃摆，恍若置身于仙境。

吊瓜棚下是片山芋田，有农妇在扯山芋藤，准备起山芋。她还认识我，直起腰打招呼，又夸大舅子：我家吊瓜差不多枯败了，你看你们家的，吊满了秋瓜。哦，已经是二茬瓜，头茬想来应该挂得更多。

摘回的吊瓜，大舅子老夫妻一只只剥开，连瓤带籽挖进淘箩，蹲到小塘边，倾斜着腰使劲搓揉。揉碎的吊瓜瓤像墨黑的烂污泥，嵌满了两人手掌心上每一条纹路，把淘箩周围的水也染得墨黑。

一团团墨黑沉入塘底，淘箩里只剩下饱满的吊瓜子。吊瓜子又被铺到顶楼的水泥平台上，交给太阳去晒干。吊瓜子虽小，但香，而且肥，大舅子亲戚多，去年五斤十斤的送，听说送掉将近一百斤。

堆在小塘旁边的吊瓜壳，墨黑的瓜汁还在缓缓往小塘淌。塘边的水草吸足养分，蓬蓬勃勃的向小塘中心繁衍。小塘淤得厉害，估计最多两三年，水草便可以一统天下。

土 鸡

吊瓜棚底下，大舅子散养着百来只鸡，都有两三斤重了。大舅子咬定是土鸡。我说土鸡脚杆有这么粗？喙啄能这样短？见他语塞，又乘胜追问：现在没有鸡婆孵小鸡，买小鸡都在孵坊里。孵坊的土鸡蛋从哪里来？

大舅子终于找出了理由：洋鸡是关笼子里，吃激素饲料长大的。我的鸡散放，喂粮食，吃草，吃虫子。

美国人吃了中国的萝卜青菜能变中国人？我怒想把他逼到悬崖下。况且，他的土鸡也不尽喂稻麦。轧米筛出的稻糠原来都喂猪，现在村上的猪都让给专业户养去了，他将稻糠掺上山芋藤、山芋之类，煮熟了，像喂猪一样在喂鸡。

吊瓜棚里搭着两间茅草棚，大的给鸡过夜，小的搁张铺，他睡。见我走近去，栓棚子边的黄狗奋不顾身扑上来，又被皮带拖回去，龇牙裂齿，不甘心地只是吼。再看吊瓜棚底下，光秃秃的，已让鸡扫荡得寸草不留。鸡们闲得无聊，三五成群的钻出尼龙网围栏，在四周的黄豆田、山芋田里游荡着。城里青菜二三元钱一斤，这里一条长埂上，小青菜绿嫩，十多只鸡却有一口没一口，漫不经心的尽挑嫩叶啄。菜埂下的黄稻放倒了，四五只鸡在稻棵上漫步，对金灿灿的稻粒，一点页不感兴趣。农妇一垄山芋藤已扯完，抡起锄头起山芋。一只土鸡跟在她身后，从翻开的土里捡虫子。

中午大舅子宰了只土鸡，做成白斩鸡下酒。鲜，嫩，菜场上的洋鸡确实没法比。

我在那年抓的鱼

闸坡下，浅水中，二三十条大鲤鱼，齐齐排列荡漾着尾巴，仿佛倾听雨水打芭蕉，又像窃窃的私语，准备一跃“龙门”完成个壮举。

溧阳天目湖的鳙鱼头汤在逐年响亮。想到这，我就要笑，笑我当年插队溧阳时，喝一回鲫鱼汤，村民就要笑一回，说你们城里人，烧一条鳑鲏也要舀半缸水。可现在，他们为招徕天下，舀天目湖之水，作鳙鱼头之汤，还引以为豪了。鳙鱼是什么？大头壳子。车干河塘起出来过年、论“条”分给社员的家鱼。当时鲫鱼卖四角一斤，它仅仅卖一角五。

那时我还只喝鲫鱼汤。插秧或者耘稻时，有鲫鱼撞谁的脚，一声惊呼，包围圈马上合成；再见水泛波动，两三双手自会扑上去，溅出几张泥花的大脸。鱼儿在人的欢叫声中被握紧身子，挣扎过几下，尾巴便垂落下来。过一后，握住鱼的手，还会朝向我挥动：“你拿去吧。我家的人多，吃不上。”

村上家家置渔网。拖网、撒网、搭网、赶网等，闲来时，凡是男人都会使几招。每年桃花水，小孩也会塘埂旁边扒一个缺口，用只“虾扒头”去设陷阱。那些企图趁机离开小塘、闯荡天下的鱼们，往往没回神，已被水流冲进了网兜，让小手，一把一把抓进了鱼篓。我撞到小孩，会从水里提起鱼篓子，随便拣两只鲫鱼，回家煮汤喝。

一方水土养一方鱼，那儿的水土养鲫鱼，还养鲶鱼、乌鱼。“虾扒头”经常装到鲶鱼，抓乌鱼就必须用鱼叉或撒网了。钻出鱼子的乌鱼苗，仗着凶悍的爸爸妈妈在水下巡逻，成百上千，密密麻麻浮在水面上嬉戏。村上人称它们是“乌鱼网”。看到“乌鱼网”，男人掮着鱼叉或撒网赶去，女人就可以在家烧红锅子等了。

在小村十年，我真正见识的“捉鱼”却只有一次。

村后有个废水闸，每年发水季里，头几场暴雨倒下，芳山芝山的水便一起涌向闸上的大塘，从闸坡上哗哗直泻，漫过乱石与杂草共生的闸滩，冲进沟渠。这时的沟渠还只有两扁担宽，水流却开始浑浊、奔腾，而耐不住寂寞的鲤鱼们，早已顶着一股股浑浊的急流，从丹金溧漕河，从溧梅河，一往无前冲了过来。

那个夜晚浸透了墨汁。如木卸下我家的两扇门板，又喊来银福，三个人，顶着狂倒的雨片，一起摸到废弃水闸下。如木先派银福在沟渠边，找个狭窄处，筑成埂，留个缺口安上“虾扒头”，死守着。他再带着我，绕进了闸上，用两只门板，一一闸住了闸口。

闸口平静下来，雨也停了，只有穿过门板缝隙的小股流水在吟唱。如木点亮了桅灯。我在昏黄的灯光下，惊呆了——

闸坡下，浅水中，二三十条大鲤鱼，齐齐排列荡漾着尾巴，仿佛倾听雨水打芭蕉，又像窃窃的私语，准备一跃“龙门”完成个壮举。

如木让我站在岸滩的边上，他自己，悄悄移近鲤鱼群，没待我站停，他将一条五六斤重的大鲤鱼，已经扔过来！又将一条扔在我的脚边上乱蹦。如木直起腰，能用两根指头抠鱼鳃，另再一只手，握住鱼尾巴。那条鲤鱼打个挺，抽出尾巴给他打了个巴掌，他则用胳臂夹住，一口咬住鱼脊梁，大鲤鱼像中了麻醉剂，立刻停止了反抗……

银福在小埂边上也乱喊。我赶过去，只见那边高空腾翻的三四条鲤鱼，已将闸滩拍得啪啪响。突然间。一条大鲤鱼跃出水面、越过银福的头顶。银福双只手，用“虾扒头”已按住两条大鲤鱼，还用两腿夹一条，另外一条鲤鱼落沟渠，夺命而逃去，他急得，只能干叫了。

那次一共抓到 50 多斤大鲤鱼。我们一条也没吃，全都卖给汤桥街上唯一的小饭馆，三角钱一斤，三一三十一平分。如木、银福都用钞票买了“预借粮”，我是买了一双新的尼龙袜。这一双袜子，如今还在箱底下藏着。

客船（外二篇）

常州的第一艘轮船，我是查阅尘封的档案才发现，那是 1902 年诞生，大名“泰昌”号，轮船码头设在大运河畔的表场。

江南水乡，舟船代步自古有之，然常州客船的正史，应始于清末民初的航班船，前前后后不过一百年。之前的“航船”载货捎客无专职，之后客船装上发动机，称为“客轮”。常州南郊的奄国遗址，有时称淹城，出土的四艘独木舟皆两千年之久。有学者考证说，奄王的独木舟，专携嫔妃春游之用也。若如此，该舟应是常州的龙城号游轮乃至邮轮泰坦尼克号的老祖宗。又说舟为奄民摆渡用，那应称客渡，常州的客渡先后延续到 2004 年，方全部出局。

常州的航班船是啥模样？可读鲁迅的《离婚》，爱姑去庞庄离婚，坐的就是那样的船。长袍短褂的乘客们，踏着码头石阶小心翼翼过跳板，跨船头，然后躬下身子踩着小楼梯，鱼贯钻入船舱。客座一条长木板，顺舱壁延伸。乘客人挨人坐定，船家响三遍锣鼓，高喊“开船喽”，竹篙一点，艄公摇橹，纤夫拉索，航船便不慌不忙移动起来。太阳西下客舱挂起昏黄的桅灯，舱板上肯定铺满瓜子壳，乘客话也讲累了，相竞赴梦乡。流水拍击船帮的啪啪声，悄然潜入如同吟唱催眠曲。

后来常州出现神奇的快船——载客二三十位，两侧排列桨手 14 位，一齐发力如同赛龙舟，追得上清末民初的小火轮——我小时候，常州的老人看过讲给我听过！交通人缩短交通时间的欲望，更让这些桨手表现得淋漓尽致。

小火轮烧煤——洋务运动引入后，国人当然烧起煤。解放后缺煤，常州人革新，用木炭甚至烧砻糠替代。常州航运公司的蒋淦林，由此被评为全国的劳模——我插队后返回常州，他已经退休，仍介绍我学开轮船。他提“革新”时，仍有一种说不清楚的窘迫。

小火轮是轮船之前的俗称，分客轮、拖轮。拖轮不载客，如同铁道线上的火车头。20世纪50年代中期，常州的蒸汽机轮船都换成柴油机，客船也称为“客驳”。沿河的水位若正常，一艘拖轮拖上两三条客船，一般一小时航行十五六公里；只不过，曾经闹忙的客船，被客轮拖到1997年，只剩两条，只有几十个人去乘了。客船的框架子，比起早前的航班船，客舱宽敞些，木板窗早换成玻璃窗而已。

常州的第一艘轮船，我是查阅尘封的档案才发现，那是1902年诞生，大名“泰昌”号，轮船码头设在大运河畔的表场。常州盛宣怀乃大买办，故居马山埠，聚集的后裔则在盛家湾。他开创了中国现代航运史——其内河招商局乃轮船招商局的分支也。

常州首家民营轮船公司诞生于1912年，轮船码头也设在表场。常州轮船迅速地发展，其激烈竞争的程度，远远超过改革开放初期的个体中巴车——沿途追越、票价打折，奉送洋伞、洋肥皂等。弱肉强食，摇橹撑篙的航班船，如何经得起这般折腾？自一一淘汰。民营轮船公司的“新商”，又堪称常州轮业的老大：在抗战前，他已拥有10条拖轮、20多条客运线！

新中国成立后、公私合营前，常州大大小小的轮船公司仍有 23 家；表场的轮船码头上，仍不断扩张。常州唯一留存的古城门，人流涌进涌出，基本上成为轮船码头的出入口，涌出西瀛里、早科坊等繁华地，更将南大街等地变成常州市中心。20 世纪 90 年代初，轮船码头日渐冷落，古城门一带人气，说散居然就散了。

在 1956 年，国营常州轮船公司一统常州的客轮，拖轮和客船还是靠在表场大码头。在金坛、丹阳乃至长江边的小河镇，还设诸多下伸站，轮船停靠接客或送客。兴旺空前直到 70 年代末，才开始下滑，但仍保持 15 条客运航线，远接苏州杭州人间天堂，近连马杭、寨桥等农村乡镇。常州表场码头仍人流如织，年客流量达到 300 余万人次！80 年代初，春运冰雪封住路，公路客流即“压”向水路；客驳不够用，轮船公司还会抽货驳，学铁路，开起“临时棚车”来。临时棚车的“闷罐子”里能遮风挡雨，货驳的舱口里，却朝天大开，那得先用大油布盖严舱口，方能请客人晃过跳板钻进去。只不过，也没听到谁抱怨。当时交通的条件，可以踏上回乡之路已是不幸之中的万幸。

常州航溧阳，属于很繁忙的老线路。100 公里水路，早上 6：30 在表场起锚，水位若正常，一轮拖、两客驳，航到溧阳码头大概 16：00；冬春枯水季，一般 18：00 以后。航行遇到天浓雾、船堵档，20：00 到达也不足为怪。80 年代的初期，乡下老人坐轮船，仍贪图便宜。常州到溧阳的汽车 2.10 元，轮船只要 1.25 元，汽车虽快，轮船要坐一天的辰光，然而节省了块把钱，吃顿午餐还只要化两毛钱：半斤米饭、一碗粉丝汤，且不收粮票！有人两毛钱都舍不得，自己带干粮，因为船上免费供开水。卖草药的、卖梨膏糖的、唱春的一个接一个进舱表演，看着看着，一天航程也就过去。

80 年代末，公路网添经加纬，客班车逐年密集，“时间就是金钱”的说法也来了，客舱里只剩老人和小贩。我记得，小河班的客船带着苏北高港班转来的鸡蛋，一篓一篓堆满船棚盖、堆在船头上；溧阳班的棚盖上，不但堆鸡蛋，还堆大蒜和水芹。客船靠码头，常州的小贩子们聚集候船室，已经迎接起亲人。常州候船室，一时成为常州鸡蛋的交易中心！

运输鸡蛋的汽车，不动声色地将常州客班船历史画上了句号。

常州轮船公司的客运调度金国成，承包了一艘拖轮、一艘客轮、三条大客驳，并将船舱的长木板座位，改成上下的两层铺位。再拣一帮船兄弟，开起了旅游专线：无锡、周庄、同里镇、苏州、杭州、普陀山佛国。那年去周庄，也许是让我与客船去告别。船队仍夕发开航，拖轮自破风劈浪，挂在后面的客船灯泡通明，过道间，牌手、棋士皆捉对厮杀，坐铺位的围观者，摇旗呐喊也。杀累了，各就各位，倒下身子即呼呼大睡。熄灯了，偌大的客船里，船老大高坐“鸽子笼”的舵棚里，仍凝视前方，“橹前”“橹后”牵拉着舵绳。

我游周庄，还有游青浦“大观园”，金国成跑前蹿后充当义务导游，船兄弟摇身变成厨师傅，蹲进后艄择菜，站在前艄烧饭。游客一日供三餐。鱼肉菜蔬，哪儿便宜，客船都会靠码头去买一捆。游客船票便宜，吃菜也便宜，坐着船去旅游的，还是一年少一年，到最后连乘船去烧香的老太婆也都嫌慢，金国成回天无力，在 2003 年，终于当成常州客船的“末代皇帝”。

回 声

小时候，我家窗前往来的航船并不算繁忙，还处于“摇橹咕嘎”的阶段；那座古老的普济石拱桥，一根绳横斜，无须探头我也能得知，三五位纤夫，踏着密匝的瓦砾、肩背拖麻绳，一步一躬移过吊脚楼，移往近水墙……我只是奇怪，童年的磁带里，居然没有录下一声“艄公的号子”；轮船耳际的回声，却依然回响。

常州轮船的汽笛，母亲为何称“回声”，我不知道。只知道，当时表场的轮船码头，只要传来长长一声吼，我们泡大运河的“大将”，脖子无不大鹅一般直竖起。轮船驶过新桥、驶近怀德桥，我们沿着南运桥，或者石龙嘴，使用狗爬式，不伦不类的蛙式、自由式，奋力包抄，胜好汉剪径。轮船不好惹，更别说下面的螺旋桨，会把人打成肉酱，我们于是一齐钻进拖轮挂的客驳屁股下，死死吊住宽大的舵板。如在星期天，轮船逆水而上，我必定吊上二里路，然后仰仰伏伏、顺着淡黄的运河急流往回漂。

我是插队回常州，被安排在客驳任水手，方知“回声”乃轮船语言：一长声告知起航，两长声表示抵港，一长三短则叮嘱警惕：船队将要交会了，就要穿桥洞或者过网簖……那一次，轮到我撑（舵）水关，我在水关棚的窗棂间，藏了《东周列国志》，正偷看得入神，一长三短竟充耳不闻，直到巨响，武进的古桥狠狠削翻客驳的棚顶；玻璃粉碎、木板劈头盖脑又砸来，我方“惊回千里梦”，结束了“故国神游”。

让人最心悸的还属三短声：嘟嘟嘟，嘟嘟嘟，急促不断地命令驳船下锚、拖轮轰隆隆倒车。此时轮船一定遇上了险情：撞了船？搁了滩？得紧急刹车！轮船刹车只靠倒车抵消前冲的惯性。这时，驳船上最偷懒的水手也会变勇士，雪舞钻雪丛，雨泼冲雨林，只顾解开锚链忽喇喇地沉下水！我曾遇到一队 12 只货驳的空船，锚放得迟点，变得牛高马大的头档驳，就被急流涌着的二档、三档……的空驳子推着，一下子，爬上了轰隆轰隆倒车的拖轮屁股上，将拖轮活生生地压进了河底。不久我离开水手队伍。以后睡觉躺床上，凡听到河边传来“三短声”，我仍难免一阵阵心跳。有一次还一骨碌爬起，想往外面冲。那一次，与一同事侃条件反射，要用“三短声”作例，讲体会，忽然想起多时没有听到“回声”了，便特意到大运河畔去浏览。嘿，啥时已经变成挂桨机天下，好多挂桨机已不装“回声”。一条没装“回声”的拖轮上，船妇伫立船头上，寒风中举着脏兮兮的白旗正左摇右晃，像比画哑语。

2003年，噪声严重的挂桨机禁止通行。常州客轮已关闭，货轮运量在缩小，“回声”我也不知啥时候，彻底消失了。

大码头

仍在2003年，一百年历史的表场轮船码头全部拆掉了。

就在这一年，老城墙、西水关一带的旧房子，拆的拆，修的修，砖石垒砌开始恢复明城墙。城墙距今有600余年，据载重新修建十几次。市政府在这一次，修复221.8米一段，恢复书法家唐驼书在1923年写的“西瀛门”门额……

原来轮船钻过新桥的石拱，眨个眼，已停靠码头；大码头启航，拖轮眨个眼，响起“回声”钻过新桥的拱洞，又继续往前。这座明代嘉靖的新桥，当然被拆掉，被改造成东西方向，恢复古老称号“文亨桥”。广告语称：“每当秋夜时分，明月倒映，三个洞环均能看，闻名遐迩‘文亨穿月’之景也。”

轮船码头连接篦箕巷店，篦箕、木梳店，一家连接一家；巷里造起新的毗陵驿，驿亭的脚底下，还孤零零停泊着常州最后一艘“龙城号”客轮！

《常州日报》称：“城墙……集观光、旅游、休闲、绿化于一体，提高常州在全国的知名度，为申报国家级历史名城提供必要的条件。”

2008年1月，常州26公里的新运河，通航了！大运河90米宽，最小水深也达3.2米，更可通行1000吨级船舶，河上架设桥梁11座……

贯穿常州城东西的古运河，正式宣布禁航！

船高体大的“龙城号”进退维谷，不久便销声匿迹。驿亭脚下又停泊三艘小游艇，非客船，如同两千年前的独木舟，单为游览古运河专用。

沿线没有码头的老运河，栏杆、草地、长躺椅，明月、树木、花灯幽幽。

老毛正月里过年

再过半年就要退休了。那水杉，栽下才五年，都碗口粗了。每一边三排，犹如十万雄兵立阵寒风中，接受我毛老将军的检阅。

从 1995 年开始，老毛属于武进市干部；到了 2002 年，武进撤市改为区，他虽然退休，依然高升列入常州市的老干部。

今年老毛接近 80 岁。在 1995 年之前，武进尚属县，他在县乡公路绿化站任站长时，同属办事员，我更属于老朋友。省绿化办在 1999 年年底，召开全江苏的表彰会，老毛带回了锦旗，还有证明锦旗来历的红头文件。我更乘机学习过他的事迹。

他在这一天，踮脚登上办公桌，挂起了锦旗，然后拉上门，便直接奔往武进市政府。王副市长管绿化，读着老毛递去的红头文件，还漾开微笑的涟漪，说没就没了，他的指甲在“奖金由县政府颁发”下，划了一道痕，嘀咕道：他请客，让我做东，这改革，改绝了。他乜着眼问老毛：你缺这笔钱过年？不缺我看就算了。

算了就算了。老毛不打顿：你把增拨一万元绿化经费的报告批给我。明年武进公路上补缺，我要紧订树苗。

你说话算数？王副县长拉开抽屉取出了报告。老毛眼睛尖，瞄到报告左上角“同意”两个字，自灿烂满面。故委屈，再咋呼：上当了！我上当了！

2000 年正月十六，武进市的镇里乡间“年”还没过完。前黄交管所的刘所长坐办公室枯燥，喝淡的杯子倒一点开水，便朝三位下属发起话：你们回家去忙吧。有事情，我打电话你。

三位丢下一桌瓜子壳、花生壳，都走了。刘所长估计自家的亲戚也该到齐了，正想锁起办公室，老毛请来的破吉普，先冲进了交管所院子。

前黄交管所养护的公路绿化线，树苗存活率武进市倒数第一。过年前，刘所长被老毛大会点了名，一肚子窝囊气，提起来就胀胸口。前黄的树苗，都是谭乡长钦点，价钱贵市场一半；树苗没绽青，一半已死掉！这种事情你怨我？刘所长沏茶敬烟时，不顾新年新岁点着谭乡长大名，开骂了。

谭乡长易地当官去了，刘所长不骂白不骂。

骂了也白骂。老毛明知故犯帮着刘所长骂，消一些气。陡然转话锋：年前我叮嘱过你，把“老鼠尾巴”“断头鬼”通统挖掉，补缺的挖坑标准，你怎么忘了？

刘所长一脸子尴尬，仍强辩：又舍不得，又怕挖多了，没苗补。

知道一半耍滑头。老毛不多啰唆了，一点余地也不给：马上找几个人来，该挖的，全挖掉！树坑重新给我挖标准！

刘所长的手一摊：新年新岁的，现在让我哪儿去找人？

老毛不睬他。他让驾驶员开吉普车回家，自己坐进交管所的沙发上，定下心喝茶，抽香烟。

躲过了初一、躲不过十五。刘所长望着老毛苦笑着，拎起电话找人了。一个接一个，个个都喊“忙”，打得自己都厌烦。瞄老毛，他闭着眼睛、头一点一点，打起瞌睆来。也就扔下他，骑上摩托车奔老兄家。老兄的小工厂有 20 多个人加班，不会见死不救。老兄有人请客还没走，见老弟，日本鬼子似的追杀来，于是挥挥手，让10多位本乡本土的工人，掮锄扛锹去救援。

刘所长一头热汗，回到交管所交差。老毛递一支烟他：我明天来验收？

刘所长不敢再马虎：十八吧。

我依你。老毛帮刘所长点上烟，竖起食指说，后天我再来。告诉你，今年的树苗有问题，我负责；养护再出现问题，明年补缺花费你掏自己的腰包。

刘所长急叫：养护经费呢？

老毛问：乡政府讲好、早已给了你补贴。

谭乡长的话，你说几句兑现的？刘所长反问他。

老毛见他又冒出火气，揿熄烟蒂拎电话：喂，小李吗？我老毛。你当上前黄书记要请客喽。今天就算了，刘所长请。老毛捂起话筒问刘所长：哪里？

刘所长抓过话筒抢道说：李书记，我是老刘啊。我们在娇娇饭店等你啊。

刘所长要了个包间，点好菜，就去门口接李书记。老毛让小姐拿来三只茶杯，一瓶泸州老窖三一三十一分匀。冷盘跟后也上齐了。

李书记刘所长一前一后进了包间。拜年。寒暄。敬酒。基本程序做完后，酒都下了一半了。李书记再一次举杯：老领导，有什么事，请指示。

老毛面孔已赤红。他端杯迎上去：刘所长，就为你们李书记这句话，干杯！干杯都没干。老毛喷着酒气说完了前黄公路的绿化事。

李书记用筷头子点点刘所长：你看你看，这一点小事，也去麻烦老领导！前黄路的绿化今年一定要抓早、抓好、抓落实。绿化养护一定要责任到人。

刘所长连连点头，只字不提养护的补贴。老毛白他一个眼，单刀直入李书记：小李啊，乡道的绿化养护县里有规定，乡镇政府都要补贴的。前黄路的补贴谭乡长早就同意，今天麻烦你落实一下。

不就是每年 1200 元钱？李书记说，这事我知道！老刘啊，你交管所每年就差这 1200 元钱吗？

1200 元钱算什么，哪儿不来、哪儿不去！刘所长说，不过……

老毛见刘所长实在没有胆量说出话的下半截，又插嘴：小李啊，你大概知道我快要退休了吧。

李书记听话自听音，他转过身，叫小姐来再拿一瓶庐州老窖，拧开盖，三一三十一，又分了。然后起身端杯喊声“老领导”：小李向你赔罪了！就是一大口。“只不过，前黄是个穷乡你也知道的……”

老毛随即掏出 300 元钱，用杯子一压：这一顿饭，我请客。竟转身就走。

李书记一把忙拖住老毛：老领导，你让我把话说完啊。

绿化公路是造福子孙的。前黄乡政府再穷，这点钞票还是要拿的。

见老毛还是要走，李书记急了。老毛也急了：这泡尿，你想憋死我？

话一顺，酒更畅，一人又灌下一瓶啤酒。李书记见老毛要走，他打开手机喊来了轿车，说，是送老领导一程。扶着老毛一起坐上了车。

老毛打开车窗关照刘所长：你记住，李书记耍赖，马上打电话给我！

轿车没走五分钟，停下了。李书记搀老毛下车，指着光秃秃的路沿说：老领导，你再拨 2000 棵树苗我，把前黄一路全都补齐吧。

这是条村道，绿化经费由村委筹集、乡政府补贴。老毛知道李书记想“堤外损失堤内补”，他打个趔趄嚷着“喝多了！喝多了”，就往车里倒。李书记明白老毛在演戏，笑着摇摇头，钻进了轿车，让司机先送自己回到乡政府。

李书记下了车。老毛马上直起身，闭着眼，叽里咕噜念了几笔数，拍拍司机的肩膀喊他“快停车”：你赶快回去对李书记讲，10 天内，把树坑给我挖标准，我正月二十六来验收，能合格，我挤 2000 棵树苗，保证送给他。

司机摸出小巧的手机，递给老毛笑道：你现在就可以跟他讲。我不把你送回家，李书记不炒我的鱿鱼才怪呢。

打完了手机，老毛摇开一条窗缝仄过头，凝神看着乡道、村道的路沿。再过半年就要退休了。那水杉，栽下才五年，都碗口粗了。每一边三排，犹如十万雄兵立阵寒风中，接受我毛老将军的检阅。

你算老将军？我也喷出一大口酒气，对着老毛大笑了起来——

那一次，我陪老毛、老毛陪着我，就在武进市，在2000年的正月里，一起过的年。

扶贫拾贝

——“贝”不假。哪儿拾的，匿名了。

局长以为有人来投诉，咕噜着：这么早就来，乱弹琴！他很生气地拉开门，差一点，却笑了起来：一只大公鸡，脖子上吊个布袋，很滑稽地正向他奔来。

买土鸡

腊月头上，常州某局的局长接到扶贫“对子村”村长的告急电话，说全村还有600多只土鸡没卖掉，千万帮个忙，让养鸡户过个安稳年。

600多只鸡？小菜一碟。局长满口答应后，随即挂了个电话，交给政工科长去办理。扶贫结对属于党群口职责。

科长有一些犯难。让局里掏钱去买鸡，全局两千多号人，四个人分一只鸡，不是回到计划经济的时代？单单分给局机关工作人员，也不妥，关系到廉政建设，影响更不好。最后便请示局长，把买土鸡，作为扶贫的一次活动，动员党员干部自己掏钱买；党员干部若解决不了，再动员群众。

局长马上提起笔，在请示报告上签字：同意。以局党委名义下发通知为好。科长便把报告送给了党委书记。书记签字“同意”了，他即赶到组织科，让他们统计各部门的党员数。看看汇总数，党员够，也就不再惊动群众了，于是找到行政办公室，商量如何将土鸡运回到常州。运鸡的汽车没问题，麻烦的是用什么扎鸡。

办公室的主任说，这还用得着商量？买600只布袋，鸡在乡下一只只过秤，把分量、价钱标在布袋上，运到局里大家直接拎回家就是。

在腊月二十，科长带上两位科员乘着小车，让两辆货车跟后面，风尘仆仆赶到了“对子村”。村长和养鸡户早在山脚下等候。见到科长，说了很多热情洋溢的话，末了却支吾起来：这几天，不少人来收起了土鸡，一斤价钱高出两块五，我们都没卖……

科长明白他意思，婉转而且坚决的拒绝。村长知道这话不地道，不再坚持了，便把大家领到草屋里。

鸡都关进大棚子。鸡叫鸡飞的，一时弄得科长他们鸡屎臭烘烘。600只土鸡终于全部装进布袋里，鸡头也都露袋口透气。麻烦的，只是汽车送土鸡进局，党员们也下班了。没办法，只好按照名单一个一个用电话通知，让他们回单位领鸡。不愿意再打回的，便拎着鸡袋，乘上电梯将鸡袋，一一送进各人办公室。总局送到了，开着车，再往支局送……

第二天，局长依然很早来到办公室，关上门，审阅起文件。这段时间最安静，没有人打扰。哪知不到十分钟，走廊里，响起一片杂乱的脚步声，而且直扑他的办公室。

局长以为有人来投诉，咕噜着：这么早就来，乱弹琴！他很生气地拉开门，差一点，却笑了起来：一只大公鸡，脖子上吊个布袋，很滑稽地正向他奔来。办公室主任追后面，见到了局长，停住脚步更好不尴尬。大公鸡获得了喘息，站住脚，在光洁的地板上，赶紧拉下一大泡稀屎，歪过头，警惕地又望着局长……

草绳机

张组长去“对子村”喜欢带一些记者。如今，常州的新闻媒体已多如牛毛，他这次邀张三，在A报上登一条消息；下次请李四，B报上刊两张照片。爱心献得没有兄弟单位多，然遍地开花、名声鹊起，惹得兄弟单位也好不妒忌。同样去年的腊月，张组长去“对子村”，他邀请的则是C杂志记者。C记者坐上轿车，他先递上一条大中华，然后说，登常州的报纸没意思。登出的文章豆腐干，发出的照片不显眼，今天特意请你大手笔，就是想你帮帮忙，给我们做上一篇“扶贫”大文章。

C记者手里的大中华，扔掉舍不得，拿着又扎手，变得有点像刺猬。啥道理？“对子村”的题材太“老套筒”：单凭每年送去一瓶油、一袋米、500元钱红包的老素材，别说写不出大稿，即使写出来，编辑给登上，自己也毁坏名声。车子驶上了正道，C记者心急，东一榔头西一棒地靠着张组长，在他嘴里要紧挖一点“金子”，对中华、对单位都有一点交代。

张组长掏出一张名单递给他，说，我们这一个组结8户对子，全都在这里。C记者掠一眼名单，丢一边，进一步诱导：“对子村”中间的贫困户，有没有因为你们的帮助生活好转的？

张组长实话实说：靠这点东西能好转？不可能！

C记者仰倒椅背上，闭了会眼睛，自言自语道：你说得不错。要救“穷”，还只有增强“造血功能”。

张组长望着车窗心不在焉地说，增强“造血功能”倒有个事例。

本来绝望的 C 记者一跃而起，瞪圆眼睛说：你快讲。讲仔细点。

张组长说，有户“对子”男人有病，女人忙时种田、闲时摇草绳。前年家发火，房子没烧掉，草绳机却烧坏了。我开着汽车想帮他去买新的，转遍县城四到处打听，最后在邻县的小村，总算买回家。

你讲下去。C 记者很兴奋，仿佛吃了激素。

张组长说，后来我就没再去问过。上一次慰问，他家锁着门，我问过村长，他说男人在住院，老太婆陪床。

小车驶进“对子村”，C 记者让张组长直接去那一家贫困户。张组长说不记得了，先到村委去。C 记者进了村委，急不可待地请村长带他去看看。村长也是那句话：他家锁着门，男人住院、老太婆在陪床。C 记者没法，只好采访起村长。

村长如实汇报，那台草绳机挣的钱，够老两口子零花。但是有些贫困户，今天拿到扶贫款，明天就会喝起酒，当天晚上去赌博的也不少。村上接着说，领导送来的慰问款，最好交村委，让村委去买生产资料，送给贫困户……

C 记者在采访本记录着，很索然无味。中午，张组长请 C 记者去大酒家，点了好多海鲜，他夹进嘴巴味同嚼蜡。只不过，C 杂志上还是登出一块“豆腐干”，标题是《草绳机造血》。

黄鳝缸里少了条泥鳅

村人张牙舞爪一个人的战斗，急刹车是在 2010 年 11 月。村人走了，年仅 48 岁。是年 6 月他还进我办公室，两人一支接一支抽烟。

好像是一转眼的时光，我的小兄弟村人，离世整 4 年了。

村人离世前的标签是常州的网络名人。2004 年，他发表帖文《三哭常州》，直指“这座城市沦陷了，被人奸污糟蹋了”，让主政者多少有点难堪；而后，他发帖质疑常州 2.9 亿巨资打造亮化工程糟蹋钱财、污染环境，铮铮铁骨，矛头直指市长，引来当时的常州市长王伟成飞帖谈心。

我认识村人时，他还用着本名吕庆平。1985 年，我在常州轮船公司教育科当办事员，负责新员工岗前培训。那年轮船公司招“撑船佬”，吕庆平也报了名。一翻履历，高中生，党员，还当过武警。培训期间，我让学生写一篇关于母亲的短文，吕庆平写道：煤油灯边，她纳着鞋，不断叮嘱着，穿上这双鞋，好好地走路……一手好字，我自愧不如。

吕庆平被分配去撑船，我在货运部碰到书记，直截了当说，人才去撑船，太可惜了！不过机缘巧合，两三个月后，吕庆平竟上了岸，在货运部当起了文书。内部刊物《常州交通运输》开辟“副刊”栏目，他写诗歌和散文，骑着自行车，一篇一篇送到我手里。1994 年写《汽车站记趣》时，他已惯自称“村人”，“不羁”放大为“叛逆”。

村人真正名声大噪，是《三哭常州》的诞生。文章直陈常州政情内幕，痛批常州在苏南经济发展中落后的原因。他为常州文脉的凋零扼腕：“位于常州市中心恽氏庭院，是清朝咸丰年间著名清官长兴知县恽思瓒的故居，至今已有 150 年的历史，它由五座三进大院组成，整个建筑雕梁画栋，还保留有完好的阁楼、古井、里弄、后花园，房屋全部为木质结构，粉墙黛瓦，是目前常州少见的、保存完好的江南风格古民居。没想到，常州市文化局竟把它卖给了常州大酒店，推土机一到，有着150年生命的恽氏庭院，转眼间夷为平地。”

他嘲讽曾有“东南第一丛林”之誉的天宁寺，竖起一座不伦不类的天宁宝塔，“如一根赤裸裸丧失了生育能力、依旧散发着淫乱气息之阳具，令人恶心至极。”

文章长歌当哭：“呜呼，不是我弃常州，而是常州弃我而去，渐行渐远，追也不及！如果大哭一场，能让你停下疯狂的脚步，我愿让泪水流成长长古运河。”

《三哭常州》后，村人俨然成了网络红人，其帖多指政府相关部门，热议和非议裹挟着他。我问，你怕不怕被打击报复？他的牛皮更大了：老子讲真话，还怕恶狗咬卵泡？

后来出了怪事。他在大街上闲逛，遇人盯梢。他想了下，约一位女朋友，勾肩搭背吃午餐，挽着手臂住进钟点房。他与女朋友嬉笑十分钟，即让她快走，独坐沙发喝茶抽烟。两名警察还真敲开了房。村人喝着茶，气定神闲：有何贵干？警察细细观看，说，“你在房间里，有非法性行为？有人举报。”“我已自慰过。非法吗？”村人冷笑。

村人张牙舞爪一个人的战斗，急刹车是在2010年11月。村人走了，年仅48岁。是年6月他还进我办公室，两人一支接一支抽烟。我快退休了，拜托他为交通系统的文学爱好者再做一次讲座，供饭不给钱，他自然是答应的。9月初，天气凉快了，我正要给他打电话，却听人说，他被送进医院，胃癌晚期。我去病房看他，满脸络腮胡子，中气消磨了七八分。他说，幸亏发现早，可惜烟抽不成了。我关照他，“过阵子出了院，再帮我写两篇稿子吧。”村人摇头，“稿子算了，讲座一定去的。”

村人病后，前去探望的朋友、粉丝上千，市长王伟成也去探望他，第一句话就是，“老朋友来看你了。”王伟成还和村人相约，出院后合写长篇小说。

国庆后，村人的消息渐渐少了，我不免挂念，问后才知，回家不过几天，他又住进医院。再见他时，因为化疗，头发已经脱光，络腮胡子也没了，下巴光溜溜的。他拒绝治疗：“有百分之一的希望，就尽百分之百的努力，我最恨这句话！”

我捏着他的手背，忍住眼泪问：你什么时候执刑？他说，最多两个月。我叹口气：我要是生了这病，马上住进深山老林尝百草。村人说，“脚底在打飘，往哪儿走！有时痛得想从窗户往下跳也没力气。”说着无力地侧过脸，闭上眼。

没到一个月，村人就被“执刑”了。遗像是他小女儿拍的风景照。骨灰撒进金坛丹金溧漕河。常州的黄鳝缸里，从此少了一条搅动安宁的泥鳅。

钱中杰没有“拉黄鱼”

过了一阵子，他抓过他的纱手套，象征性地抹抹引擎盖，示意我坐下，放声说：告诉你，我的车免检！常州客运总公司里只有三辆大客车免检！不是吹，不该拿的钱，我一分也不拿，就这点硬气！

我记述的姓名，不是真的，其他的，譬如“改革开放”的当初，譬如常州客运总公司，再譬如，那许多领导、那些多售票员和驾驶员，共同“拉黄鱼”、奔小康……都绝对是真的。

看看常州客运总公司的那一段历史，你也许……

一

常州客运站的驾驶员，抱胸叉腰、组成不规则的一个圆，将钱中杰和费调度圈在圆中间，看“猴戏”，解乏。钱中杰五十出头，小孩子似的越发“人来疯”：枣核脸一歪，粗短的食指直射费调度鼻尖：你不要钱？那一天晚上，你为啥带着老婆往头头家去送？你来要房子！你要到一套房子值到多少钱？！

改革开放的1992年，国营单位实行“福利分房”了，费调度对照公布的条件，发现自己处于临界线。实现“安居工程”那得越过临界线。他于是，带着老婆去铺路。铺路得避开公众。那天晚上他去干部楼，不巧处，还真碰上钱中杰！恶作剧，大声打招呼，还大声问，大包小包你往哪儿拎？要不要帮忙？慌张中，他还差点崴脚。那一次，钱中杰天真，无恶意，后来才透露。只不过，还是引起纷纷的议论。只不过，费调度的新钥匙，功德也圆满。如今钱中杰重提旧事，卷一圈荤腥当炸弹，炸得满屋轰隆轰隆笑不断。费调度无法忍受了，挺着桃红尽染的面皮，狠狠地骂：得了狂犬病，乱咬人！砰地撞上抽斗柜，离开了调度室。

钱中杰小跑追上去，抓住费调度肩膀，说：你到底补不补？

费调度转过身，狰狞一笑露出了牙齿：你跟我动手？

驾驶员们这才喊着“算了，算了”组成维和部队隔开了两位。

钱中杰余勇可贾，左右蹿蹦不买账；费调度喷着决斗的火焰，严阵以待。“战斗”眼看一触即发，不知谁，在门外大叫：三点的江河班要发车喽！钱中杰愣了愣，抓过摔在桌上的纱手套，说声“回来再跟你算账”，颠颠的便直奔停车场。

公司补贴驾驶员的公里费，100 公里为 1 元 2 角。钱中杰说他两笔公里费，算错了。哪两笔？费调度轻蔑地冷笑：一次 35 公里、一次 21 公里。

二

那一次，我是首次见识钱中杰。之后孔方兄的舍死和忘生，我有所见、皆所闻，譬如与捡垃圾的争夺车上的空易拉罐，譬如给孙子买根冰棍也记账等等，足可编一册 20 万字的《高老头续集》。若讲 1994 年，我分公司的顶头张，要我去当钱中杰的随车售票员，我当场毛发悚然，更找出 99 条推诿的理由。顶头张认真聆听频频地点头，末了给我指点两条路：再去医务室混张病假条，回家做生意；“待业办”去等待经理聘你当科长。你挑吧。

这一年是1994年，皇帝开金口、一句也能顶上一万句的各种各样的领导。我无奈，只好收回九十九条的理由，走上华山一条路：与钱中杰同车共辙。我认为，要搞好关系，关键的关键是“拉黄鱼”、奔小康，正确处理分配的问题。第一班车到达江河城，我请客，首先把他拉到一家小饭馆，挑个僻静处，实惠了一顿。

钱中杰的牙签剔着牙缝噗噗噗的吐肉渣。我小心翼翼向他摊开了底牌：今天这班车，途中上来的客人里，有12个人不要票，我捞到84元钱，全放在售票袋的夹层里。从今天起，我们一天结一次，对半分，怎么样?

我应先为“拉黄鱼”作一个诠释。在1990年前后，常州诞生个体客运已风起云涌。小中巴“招手即停、就近下车”，沿线的乘客哪个还傻乎乎，跑到客运站或“下伸站”去买票、等汽车？客运总公司的“下伸站”，被逼得一个一个关了门。俯首甘为乘客牛，我们摆了40多年架子的汽车站，乖乖的，学起了小中巴的经营法。但是小中巴挣多挣少是自己的。我们呢，收乘客的钱，给票；再把收来的钱交给公司，换车票。换句话说，我们挣得再多都是公司的，过一下手而已。于是有些乘客不要票，我们就不给，截下票款奔小康。旧时把金条称“黄鱼”，不才的我们，把这些乘客也都捧作了“黄鱼”。

我待钱中杰，“黄鱼”对半分，可谓“最惠国待遇”

了——以前我给驾驶员四成、有时还只给三成。为什么？市场经济风险大、得益也大嘛。我当售票员，若被稽查队逮住，罚款降工资除名，大刀看准头上砍；他们驾驶员，咬牙不认“拉黄鱼”，自无罪释放。售票员“出血”若过多，够交情、讲义气的驾驶员，还会掏出一笔“补助费”。

钱中杰他摇摇头。退一步海阔天空，我咬咬牙：倒四六，怎样？

他妈的高老头第二，依然在摇头。

我再退，要被推荐“肉头标兵”了。跷起二郎腿，我反问他：你说拆多少？

他拍拍我肩膀，站起了身：小伙子，我是绝对不拉“黄鱼”的。

为了五六角钱拼命的驾驶员，境界之高俨然变成大局长，俨然山芋剥皮更充起人屎（士）！我也就，点头哈腰连称“是”；也不愁，狐狸尾巴不会露出来。我喊服务员买单，他即露出了尾巴，说，你用那笔钱，付账吧。余下你买香烟吃。你记住，下不为例了。

“道行”不过也如此！车返途，我自放心拉“黄鱼”。没过半程路，他招招手，让我走在方向盘旁边，用喉咙口，发出闷雷的咆哮：10个人又收钱没付票？付给他们去！

他真的不想“拉黄鱼”，还是想用杀手锏，逼我“倒三七”？一时我无法断定，仅有点随机应变的能力。对着他耳朵，于是轻轻吹开迷人的声音：早已想好了，倒三七。

回去我就分给你。

钱中杰把汽车滑到公路边，熄了火。他望着窗外边，说：你撕下票，付客人。

我使用沉默仗恃。三分钟之后，没收票的乘客们，向我摊开了手掌。瘪嘴老太婆还哑着嗓子说什么，我要票，送给儿子的单位能报销。他们完全倒向钱中杰，大称大赞现在的司机，不多了。我成了孙子，不正派的小孙子。

汽车启动后。我拉开了车窗，让冷风削刮着羞辱，咬牙切齿谋划着雪恨。

一辆大客车迎面驶来。大灯，仿佛落入尘灰的眼睛，对着我们不停地眨巴。暗号我知道：客运站的稽查队，突然检查“拉黄鱼”来了。我对钱中杰，一下子，佩服得五体投地！这条老狐狸，简直修炼成精了！

汽车拐个弯，挡风玻璃上便出现了稽查队员的身影。我庆幸之余，更像脱网的鱼儿，快乐地摇头摆尾，探出车窗高声喊：欢迎稽查队上车指导！热烈欢迎！

他们根本不理我。也没有举起漆有“停”的招魂牌。钱中杰也许想“调戏”他们，主动地将汽车靠到了路边。

拿牌子的队员倒过着木柄，点着钱中杰，笑骂：滚，别耽搁我们时间！

怎么回事？糊涂了。过了一阵子，他抓过他的纱手套，象征性地抹抹引擎盖，示意我坐下，放声说：告诉你，我的车免检！常州客运总公司里只有三辆大客车免检！不是吹，不该拿的钱，我一分也不拿，就这点硬气！

我明白，他要吹给乘客听，希望大家恭维他一番，享一回耳福。我乘他高兴，贴向他耳朵，放出试探的气球：你一分也不拿，要拿拿一百。

放你的狗屁！你敢再拉次“黄鱼”，别怪我汇报！

“拉黄鱼”像抽海洛因，二三回之后上瘾，想戒也蛮难戒了。“黄鱼”我熬了两天，实在熬不住，就用背，作掩体，挡住钱中杰的反光镜，战战兢兢干了一星期。数钱时，差点晕过去：也算“拉黄鱼”？一条红塔山也买不到。

制服钱中杰为有后生，我于是，综合八篇相关的情节，设计一套完整的方案，接着我把这个星期的“黄鱼”款，作经费，交给了刘兵铁哥们。

钱中杰的安全标兵、节油标兵都有了七八年。办公室在七八年的先进材料中，不管哪一份，总结的第一条，都是“二十年如一日，每天提前半小时进场，像保护自己眼睛一样保养着汽车”，这没有丝毫水分。但下面的“一心想着企业”，就不够全面了。他还想节油奖、安全奖。因为想奖金。我用不着嫉妒。他吃辛吃苦七八年，那点奖金统统加起来，也不如我半年拉起的“黄鱼”。他常常表露的那类心境，我可以找 20 个人佐证。第二天，一大早我赶到停车场，他大虾似的弓着身，已经埋头拨弄输油管，自然也不觉得什么“先进”了。

我苦着脸喊钱师傅，说：昨天晚上我的丈母娘心脏病发作，送进了医院，现在还没脱离开危险……别说丈母娘，我的老婆正当天上飞。

你想不请假，让我帮你卖一天票？钱中杰顺手合上引擎盖，用废纱头仔细擦着盖上的油污，说：女婿顶半子，你去照料丈母娘就是。你数 800 元车票先给我。

我装得异常激动不迭声道谢。钱中杰说：不要谢。拿一包红塔山来。

只以为他开玩笑。我拍拍口袋说：我身上没带，明天给你吧。

他嘿嘿一笑：没带不要紧，你给 10 元钱来，我帮你跑腿。

他接过了钱。见我面露出不快，他居然，细细开导我，说，公司请一天事假，要扣七八元工资，还要扣去季度奖、年度奖、全勤奖，加起来，肯定超过一百元出头……意思是，给他十元钱绝对合算。

钱中杰的末班车，六点半回站；乘着他的汽车的刘兵，七点就可到我家。我把牛肉叉烧腊鸡腿，酱鸭羊糕大河虾，两只酒盅一瓶孔府酒，满满摆了一桌子。手表的指针越过九点正，他想路边去望望，他顶开了门，还裹进寒气。

刘兵不说话，他专拣没骨头的大肉塞，半饱了，一屁股坐下灌一盅酒，才对我说，钱中杰回来的路上，客车抛了锚。他拦一辆货车，把车拖到汽修店门口；给人家一包红塔山，借了套工具，他爬上爬下修到了天黑。我问他，请人家修，不可以报销？他说可以报。一点小毛病，犯不着多花冤枉钱。他的主人翁味道有点浓。

什么主人翁？红塔山都是我的！我扼要揭露钱中杰：修汽车他确实花力气。假若修车报车费，暴露了他汽车保养的问题，影响以后评奖、拿奖金，不更要他的命！分析他的指导思想后，我转过“正题”问刘兵：今天他拉多少点“黄鱼”？

去的时候他没拉，我坐在副驾驶位置，看得清清爽爽的；回来那一路，也没拉。汽车修好天漆黑，一下子，倒是乘来八个人；带到了市区，他仍没有卖车票。我以为，进站前，他收钱、放客、捞黄鱼，一气呵成了。结果呢，他一直开进停车场，喊来一个站务员，让八个人跟着，都去补了票。

我傻了眼。刘兵又一阵大嚼之后，一本正经地说钱中杰：不论怎么讲，这个人，我真的服帖。依我讲，你换一辆客车去拉“黄鱼”，你走你的阳关道，他走他的独木桥，井水不去犯河水。

我沮丧地说，有办法去换一辆客车，我还肯等到今天！

刘兵夹着酱鸭腿，停住嘴：矮个子驴脸的张任重，你熟悉吗？

我眼睛一亮：顶头张？我的顶头上司啊。你跟他什么关系？

刘兵嚼起酱鸭子：那问题也不大了。他儿子在跟我的小姨子在谈恋爱。张任重特贪，他儿子也从来不否认。刘兵举例，驾驶员送给张任重的茅台、红塔山，张儿子一包一包也总拎到刘丈人的橱柜里。

刘兵去了一趟丈人家，让小姨子取出的二十分之一的“包”，回送给了顶头张。两天后，我真的跟钱中杰“拜拜”了。我大礼，还连干三盅谢过了刘兵。

三

我们客运总公司的 500 多辆大客车，改革开放到 1992 年，利润超过 200 万元；到了 1993 年，陡然降到 30 万元；到了 1994 年，一下子亏损到了 150 万！“拉黄鱼”等的“改革开放风”有多厉害，也可想而知。

公司的领导们，高举“深化改革”的大旗，决定对所有的客运汽车实行“单车车价抵偿承包”——汽车按新旧程度打折，职工掏出钱去买，买下后，再去承包经营客运的线路。

那天晚上，公司召开全体职工大会——领导干部如何奔小康，挺难讲清爽、更难讲得完，我只好，暂时先讲讲公司职工——除了上缴承包款，跟个体户已差不多，也没有，“黄鱼”不“黄鱼”的好拉了。

会场上的人头黑压压一片。这样的场面，工人们，三四年也看不到了。

决定由总经理宣布。犹如总统颁布总统令，职工除了执行还是要执行，有非议，你站到一边去发，也没人管。

可那天晚上，总经理的决定刚宣布，坐我前三排的钱中杰，站起身高喊起来：我没有钱！我十年工资加奖金，也拿不出 10 万元钱来买汽车啊！

公然犯上的钱中杰，你不拉“黄鱼”算硬气，现在你还硬得起来吗？

只不过，他这一领头，附和声嗡嗡响成了一片。那些附和者中间，我熟悉，起码有一半是“拉黄鱼”高手。这几年，他们拉多少“黄鱼”，我讲不清；若讲清，他们告我诬陷罪，我拿不出凭据，还得败诉赔偿名誉损失费。但是拿我作基准——现在讲出来已不要紧，顶头张帮我换客车一年不到，还总觉得钱中杰的鹰眼盯，不敢太放肆，除去吃饭抽香烟，也还拉到了五六万。高手他们说没钱，鬼相信！

私人发狂财，企业亏大损，总经理们多少会失去往日威严。只不过，总公司的毕竟久经沙场、压得住阵脚。他面对嘈杂拍了拍话筒，很坚定地说：细则马上公布。三天后，公开招标承包。前二十名中标者，车价再优惠百分之五。不参加招标承包者，一律进待业办，工资打七五折！散会！

三天后，我走进招标会场，看到钱中杰站在会场的一角，赔着笑脸正向一位拉“黄鱼”的高手敬烟。见高手抽身而去，他苦涩一笑，打起精神走向另一位。已有点伛偻，他看到我，靠近去，也敬支香烟，不是红塔山，是五块多一包的红梅，摸出打火机还帮我点上。说，你来投标啊。

我点点头。我有点六神不安：拉“黄鱼”时拉不到，仍有工资和奖金；现在“买”下客车当上小老板，真刀实枪地大干，能保老婆不会赔进去？我有着自知之明。但是钱中杰明显讨好的声调，仍在撕拉我神经，有种莫名的残酷感。

钱中杰犹豫了一阵，突然问我“你钱够不够”。

我明白了。读着枣核脸上被钱刻满的“窘迫”，我兴奋了起来，但不敢流露，于是说“马马虎虎”。

借给我三万元，好吗？他讪讪地说：年息一分，我保证按照银行付。

三万小意思。我说：“外面的利息，一般要三分！”

钱中杰求我付出一分半利息。见我不作声，他咬咬牙二分。我仍不作声。这场景，与江河城的小饭馆何等相像！不是我俩的位置已完全颠倒了——尽管那时他正义在胸，但如今，我照样金钱在手。

钱中杰叹了口气。明显迟钝的鹰眼，在逐渐增多的人群中茫然搜索。我觉得时机成熟，学着他的当年的派头，拍拍他肩膀，说：我俩合伙？抵押款各出一半，利润对半分，怎么样？

枣核脸光芒四射，连声说：“好！好！”

招标开始。随着中标者，常州国有的客车一辆一辆变成了私有财产。我乱想，有人像发掘“分田到户”那样发掘一下“所有制转换”的起源，公司的领导干部们，肯定能和凤阳小岗村的 17 位农民一样齐名载史册。

开始招标江河那条线。以为他让我定投标数，我忙说：你办事，我放心！谁知他急说：工资应打进成本。我当驾驶员，每月工资最少要比你高 150 元。

我强忍不快，敷衍道：好商量，好商量。你快投标。

主席台上报出了“江河线”，车号“07152”——钱中杰他一直开的那辆车。望着主席台，他自言自语：话得讲清楚。要不然，我想自己包。缺三万元钱，暂缓一年缴，不相信，经理会不肯。

依你，依你！你快投标吧。我不敢迟疑——我宁愿输给钱中杰。他是节油标兵是安全标兵，我还得靠他。

我当起了江河线上的随车售票员。

四

三年后，常州客运总公司的第一轮承包结束，“07152”之类的破大客车，被强制报废。不知公司还是交通运管处规定，凡是承包江河线，必须购置豪华中客“依维科”。依维科要 20 多万元一辆，钱中杰算算，这笔钱，已经凑得够；再想想，他打个报告，提前退休了！以前我已积到一笔“黄鱼”款；第一轮承包，算是挣下一辆依维科。第二轮承包结束后，我又买下一辆。两辆客车我雇两位驾驶员，每个人，每月工资 1200 元，每天一顿午饭一包烟。只是不敢雇请售票员，怕像我一样，拉“黄鱼”。老婆骂我“做贼婆婆会看家”，三天后，她却自己炒自己鱿鱼，自己上车当起售票员。

我发了，日进千金的梦想已成真，却听到怪兮兮的真消息：那位贪污吃官司的总经理，又与监狱头头一起吃官司；接管总经理的第二位总经理，小贪污，被交通局调去另单位，又被警察逮了住：他很漂亮的小姘头，原来吃着海洛因！

“改革开放”的客运总公司，现在的总经理是第三位。我也不满足的现状，第三轮承包开始了，我要再买一辆依维柯。我觉得，驾驶员好找，售票员难寻，七大姑八大姨一个个排去，总归疙疙瘩瘩的。突然想起钱中杰，我拔腿就往他家赶。

我想去雇钱中杰，当我的售票员。

满溢书香味的陈家祠

广东行之一

1959 年，郭沫若来到陈家祠，也被这里的雕刻所倾倒，即席赋诗：天工人可代，人工天不如。果然造世界，胜读十年书！

20 年前广州城给我留下的印象，一是满街摩托车轰鸣，一是顶尖的越秀公园，也不过五匹居高临下的石雕山羊，以及花草林木间隐现的长池圆塘。去年看电视，新添了一个，那就是在亚运会流光溢彩、号称世界第一电视塔的小蛮腰。黄浦江畔的东方明珠高 468 米，台湾岛上的 101 大楼 508 米高，小蛮腰耸立在珠江畔，高度已达 614 米。再想，也没啥稀奇，常州造的天宁寺宝塔，不照样称 ×× 第一。

今年在广州过年，来到中山七路的陈家祠，眺望屋脊、前墙上雕塑构就的立体画，连篇不累牍、浑然而天成，才明白自己孤陋寡闻，犯下“有眼不识泰山”的错误。光绪二十年（1894 年），岭南的能工巧匠用木雕、石雕、砖雕，以及陶塑、灰塑，铜铸、铁铸等技艺，不但在陈家祠 19 座厅堂的屋脊、砖墙上，而且在廊、院、门、窗、屏风、栏杆、梁架上，乃至神龛上，精雕细镂出数以百计的立体画，巧夺天工、华夏罕见；画中或人物，或花鸟，或虫鱼，不是典故，也有文章，然要讲清楚里面所有的道道，一流的专家也勉为其难。广州文化底蕴多深厚，由此可见一斑！

不过，这里有讲解员，10 元钱就能请到一位——一只手机式的录放机，配套以导览图。导览图上印有陈家祠主要部位的彩图。彩图上标①，按录放机键 1；说明书上标②，则按录放机键 2……如此类推，脆亮的语音自会穿过耳塞，将个中精华传递而至。画幅数以百计，游客亦可各取所需，按图索键。正门东墙的巨幅砖雕“刘庆伏狼驹”，导览图上标⑤，按键 5，“导游”即为我讲了个西汉大将刘庆，降服西夏进贡的烈马“狼驹”的故事。这故事，还是第一次听到。

右边紧挨着“五伦全图”，也是巨幅砖雕。“五伦”的意思我知道，是君臣、父子、夫妇、兄弟、朋友间的人伦关系，以忠、孝、悌、忍、善为准则。今人常用的“天伦之乐”，那是“五伦”的衍生。然而，陈家祠的砖雕上，却刻了凤凰、仙鹤、鸳鸯、鹁鸪和黄莺。“导游”说，五伦即五常。凤凰表君臣、仙鹤表父子、鸳鸯表夫妇……是否有这样的表示，我不敢再妄下断语，但五伦即五常，还是觉得可以商榷。“三纲”与“五常”相伴。“君为臣纲，父为子纲，夫为妻纲”谓“三纲”，意思是为臣、为子、为妻，必须绝对服从君、父、夫。所谓“五常”，仁、义、礼、智、信也，那是调整、规范人伦关系的行为准则。我这番论调，只是在背后散发，闹不好，恐怕又要贻笑大方。

跨进陈家祠大门，有四扇屏风，镂空双面雕，画面包孕的“渔樵耕读”“荣归故里”“渔舟唱晚”等故事，无一不在唤人读书、催人奋进；祠堂的主体名“聚贤堂”，20 扇门档，从《三国演义》《隋唐演义》《说唐全传》《水浒》等小说中取材，一扇雕刻一个画面，讲述一个故事，构起一条通俗历史的长廊……

再听“导游”讲，陈家祠是由广东 72 县的陈姓人合资建成。除了供祖宗牌位，还为来广州参加科举考试的族人提供住宿，因此也称陈氏书院。广州的一个祠堂，哪来如此浓郁的书香味，至此才恍然大悟。

“导游”还介绍，1959 年，郭沫若来到陈家祠，也被这里的雕刻所倾倒，即席赋诗：天工人可代，人工天不如。果然造世界，胜读十年书！

山下还有漂流。可以乘竹筏，也可以坐游艇。离开时，我问自己，丹霞山的山石、清流，是不是上苍给这里山民发的“利是”？

上

好多人说，广东人信菩萨、拜孔方兄的热情，比外省人高出许多。此言不妄，且传染性极其的强，女儿在广州工作不过五年，差不多已经被同化。

我不信佛。大年初一早上，女儿不直接说去南华寺烧香，只说今天去韶关，先到南华寺，再玩丹霞山。我说丹霞山不错，去年电视新闻上报过，和贵州的赤水、福建泰宁、湖南崀山、江西龙虎山、浙江江郎山等 6 个丹霞地貌风景区，一齐被列入世界自然遗产名录。女儿夸张地说，南华寺的名气比丹霞山大多了！香港、澳门和东南亚好多华人，大年初一都赶来烧香呢。那腔调，仿佛不知南华寺，与“不知有汉，无论魏晋”一样的悲哀。随即又介绍，说南华寺是中国佛教禅宗祖庭，里面有六祖惠能的肉身，还有唐中宗的御制金丝千佛袈裟、铁制的观音菩萨等稀世珍宝。

出门前，她将厚厚一叠红包塞进拎包里。

广州的物管人员似乎特别讲礼貌。出大楼时，保安满脸笑容迎上前祝福，大开正门；扫地的清洁工也直起腰，绽开笑容向我们祝福。女儿走在最后面，摸出三个红包，大方地给每人递去一个。他们道声谢，不客气地收入囊中。上车后，女儿告诉我，广州人把这叫做发“利是”。大年初一，大楼的业主给物管人员发，家里的大人给孩子发；单位里，领导给员工发、结婚的给不结婚的发。不发“利是”，人家要视为无礼。“利是”也叫利事、利市，可以讨。讨大吉大利，不难为情，钱多钱少也不计较。她说在广州第一年节后上班，跟一帮未婚青年逐个办公室拜年，收到100多个红包，数了半天，竟然没满300元。

驾驶员是广州人，打着方向盘补充道：红包里封的钱多，表明你有钱。大家巴望来年自己发“利是”，就能在红包里多封些钱。

距南华寺大约还有一公里，游客、香客已汇成汹涌的人海，小车再没法子朝前开。中新社记者2月5日在现场如此报道：从正月初一至初三，境内外十一多万善众涌入南华寺祈福许愿。5日（正月初三）上午11时，记者的车驶至距南华寺2公里时，交通堵塞，只得将车停在路边一农户家下车步行。靠近南华寺的三大停车场、周围的饭馆、加油站的空地，都成了停车场……

我是正月初一10点左右到南华寺的。望着售票处人头密密麻麻，两腿哆嗦只想打退堂鼓。女儿让我在空处歇着，奋不顾身钻进去，虔诚之心自可想而知。寺院围墙里，斜出一棵三抱多粗的古树；墙外用一抱多粗的树干，撑着倾斜的树杈。向西，顺着围墙有条小路，两侧篮装筐摆，都是新鲜的菜蔬。全国的寺庙去得多了，向来只有卖香烛香袋佛珠、黄纸白钱冥币，乃至念阿弥陀佛的碟片、劣质的菩萨玉雕、五颜六色的护身符。寺庙旁边卖新鲜菜蔬，还是第一次见识。

女儿进大殿烧香，我拣条清静的小道，晃荡上东侧的土丘，透过树丛，看了会大殿前后人头簇拥，香炉上空烟火鼎盛，觉得百无聊赖，穿过画廊，挨着石桌在石凳上又坐了一会。踩着草坪，漫无目标继续向前走。忽然见一间偏殿挂着“游客止步”，好奇地走进去，原来是和尚的食堂。白坯长条木凳、木椅，状如五六十年代的大会堂。正对偏殿门，拦腰横开一条宽大的走道，将食堂分成两半，二三百个和尚也分成两半，一人捧一只大饭钵，面对着走道在用斋。走道上摆了四只大背篓，被各式水果和糕点堆着尖，一看就是善男信女捐送的。四个和尚正在分发，或四只甜橙，或一只文旦，或一份干果，捧到和尚饭钵的旁边。要数文旦最多，一个和尚一份斋，吃完斋饭，便捧着文旦或其他水果，三三两两朝着寝室走。

正要离开，又发现许多香客或游客，捧只大饭钵，站在廊檐下，坐在石阶上，也在狼吞虎咽吃斋饭。白米饭，盖有四五样素菜。便问一中年男子多少钱一碗。中年男子指了指西面的偏殿说，不要钱，在那边打。探头看去，小小的偏殿里，有五六十人拥挤窗口在打饭。

全国的寺庙见多了，免费吃斋饭，依然第一次见识。猜想有捐送瓜果糕点的善男信女，就有捐送柴米油盐酱醋茶的善男信女。

下

大年初一的午饭，我们是离开南华寺10多公里后，在路边一家“农家饭庄”完成的。

院子很大。院墙外，鞭炮屑散了厚厚的一地，红地毯似的。院子里搭着大凉棚，凉棚下两张大圆桌，房间里还摆了一张。没有客人，一对老夫妻坐在墙根下晒太阳，见到我们，并没有洋溢出开张的热情。老头子领我们看后院里散养的土鸡，说挑到哪只宰哪只，不称斤两，120 元一只；指着水泥池里七八条草鱼，也说自家池塘里捞的，50 元一斤。一概不还价。

草鱼都有 1 米多长，估计吃不了，便挑了只肥硕的母鸡。广州的正月温暖如春，我们围坐在凉棚下的圆桌旁，看老头子杀鸡。媳妇沏了茶，自顾去拣菜。点的炒青菜，她在拣菜薹。菜薹已抽出黄花，在水泥板上晾蔫了。老太婆随后端来两大盘花生、瓜子和糖果，还在旁边唠叨，强调这里的菜“都是自己养的，自己种的。”

儿子不知啥时冒了出来。护袖、白围腰，大厨装扮；面孔微红，中午大概喝了点酒，但手脚依然利索，半个小时后，婆媳开始上菜。红烧鸡块，鸡杂炒咸菜，鸡头鸡爪鸡翅汤，鸡血也没浪费，下在鸡汤里。青菜倒是炒得碧绿，夹了一筷，居然十二分鲜嫩！女儿也喊好吃，问媳妇讨了一把蔫瘪的菜薹，要带回家去自己炒。

现杀现炒的土鸡当然没话讲，比在广州桥广店喝早茶，端上来的鸡汤、凤爪对胃口多。但吃了两块，肚子已让大米饭填饱。这里的大米饭实在太好吃，洁白晶莹，香滑软熟，划进嘴里自己会往喉咙口滑。就着炒鸡杂的咸菜，我居然吞下两海碗。

驾驶员说，马坝的油黏米，历代都是贡米，供皇宫的。这儿离马坝不远。水土气候差不多。原来如此！难怪了！

菜足饭饱。老头子提着水壶过来，说是刚煮的姜茶；野姜，也是这里的特产，劝我们尝一口。抿了口，浓郁的姜味，丝丝的甜，好喝。

坐进了小车，都说 7 个人，230 元钱一顿午饭，在广东，不算贵。

打了个盹，车子已放慢速度，临近丹霞山景区的停车场。一张山民的面孔贴到车窗上。听不懂广东话，广东的土话更加听不懂。驾驶员翻译说，他讲每个人 60 元钱，能从小路带我们进景区。

这是另类的讨“利是”。我们犹豫了一会，答应了。比起买门票，毕竟便宜了一半。

街面上尽是大酒家、小饭馆。跟着山民从酒店、饭馆的墙壁夹弄里穿过，来到街背后，只见散乱着一栋栋小楼和平房。应该是没有完成“新农村建设”的村落。小楼很一般，在常州乡下，至多排到中低档。山民领着我们插到小楼的背后，冒出了山坡。杂树乱草间，蜿蜒着一条山路。这是一条“走的人多了，就有了路”的山路，脚窝连着脚窝，光滑溜溜。沿途有好几间遗弃的土屋，人去屋空，还有好几处残垣断壁，以及狼藉一地的毛竹和瓦片。爬上坡顶，山民站住脚，让我们跟着前面的人群走，他还得回头去接生意。

前面有一长溜人群。再前面，还有一长溜。个个高一脚低一脚，穿高跟鞋、打扮入时的女士们最苦，跌跌撞撞，狼狈不堪。

看过丹霞山，深刻一点的印象，我只留下了两个。一是山的底色状若红砂石，夹杂着规则、或不规则的条纹。另一个，就是人类生殖器得到了极致的张扬。

中国山多，奇岩怪石也多。福建武夷山、安徽天柱山、云南石林等，乃至贵州、广西、浙江的诸多溶洞里，导游带着你，肯定遥指那些突兀的山峰、陡峭的奇岩、怪异的巨石，告诉你这个叫姐妹拜月，那个是仙翁骑驴，怎么浪漫怎命名，然后，讲一个“民间传说”，再问大家：你们看，像不像啊？大家于是百般揣摩，充分想象，跟着喊：像！像！丹霞山也不例外，但重点突出。它将一座突兀而起、状如阳具的“元阳石”核定为“标志峰”，还让它在景区外，昂首挺拔于巨幅画布的中央，招徕更多的游客。与“元阳石”对应的叫“阴元石”，同样是天工造物、惟妙惟肖。还有“双乳石”……不过，涉及女性隐私部分的奇石，彩照就局限于导游图册，不像宣传“元阳石”那样无所顾忌。

山下还有漂流。可以乘竹筏，也可以坐游艇。离开时，我问自己，丹霞山的山石、清流，是不是上苍给这里山民发的“利是”？

碉楼的遐想

广东行之三

当年的泥腿子，移居哪个国家当了华侨，就借用哪个国家的式样盖楼顶，楼脚还是伸在开平的热土中——碉楼的中西合璧，成了开平华侨的写照；细细品味，似乎还有更多的内涵。

太平盛世，旅游风行，哪个城市都想弄出点景区，让国人关注，在号称“无烟工业”的旅游业里分一杯羹。没古的仿古，没景的造景，甚至有复原秦桧、汪精卫故居的建议。然开平这个县级市，不想出名也犯难。这里现有人口21万，拉起的“海外关系”75万多。“侨乡”闻名遐迩，祖宗留下的碉楼，又被列入世界文化遗产的名录，随之传遍海内外。

碉楼建来防涝、防盗贼，明末现出了雏形。清末民初，社会动荡盗匪更猖獗，用导游的话讲，这里有钱人多，盗贼更多，“一个人在前面走，三条影子跟后面”。有钱人被“影子”跟踪得不安宁，前呼后应造起了碉楼。再往后，军阀混战土匪胜牛毛，造碉楼便像现在安装防盗门、防盗窗，生生的将一个开平县造得“无碉不成村”。

中国防盗贼的民居，山西我到过类似电视剧“乔家大院”的王家大院。院墙可走马、可过兵，宛若一条小长城，砖石缝灌的石灰浆，据说还是糯米水；在福建我见识过土楼。楼墙就地取的材，尽用黏土夯筑成，然楼门一关，仍固若金汤。开平的碉楼，其实是状如碉堡的楼房。有泥楼、青砖楼，更多的是钢筋水泥楼。楼层的小窗竖着铁栅栏，三厘米厚的进口钢板做窗扇，关上窗扇外面是平面，枪弹也难射进窗口里。碉楼底层的钢板小门更加厚，闩上后，外面打不开也撬不开。导游说，不但钢材，碉楼的水泥都从国外运过来，进口货。

开平现存碉楼 1400 多座，被毁掉的，至少比现存的多两倍。碉楼背后的华侨，想来个个粗腰缠万贯。我们唱着春天的故事，改革开放富起来，却不知是谁带领哪些华侨走上致富路。导游说是美国人，吓了我一大跳。导游继续说，鸦片战争前，美国本土发现了金矿，缺少劳动力，便从中国这片常遭水涝的土地上，招去一大批农民当矿工。后来，这些矿工个个发了财……

资本主义发展史，一部血淋淋的罪恶史。都说一部历史有两面，这造价昂贵的碉楼，中国侨民的富裕，难道是这部历史的另一面？本文不想去深究，只说那许多华侨，当年的泥腿子，假若不是穷狠了，谁肯拖条长辫子，挣脱“父母在，不远行”的枷锁，走出国门、漂洋过海美国去讨活路？就像前些年，小煤窑遍地开花，很多穷人还在拼着性命往里钻！只不过，常听到煤窑老板个个身价上亿上千万，却没见哪位挖煤工人捡回性命发了财。

有钱不怕多。自力村、锦江里、马降龙三个镇（村），现今保存着世界罕见的碉楼群，开平人理所当然开辟为景点，不讲门票收入，收取的停车费也够当地农民吃香喝辣的。到了自力村，我们请了位小导游，当地人，住在爷爷留下的碉楼里。由她引导着，我们参观了两座专供参观的碉楼。下部形式差不多，大的每层三开间，小的只有半开间；矮的碉楼三层，比一般楼房高一点，高的有五层。最高的据说有七层，叫南楼，鹤立鸡群在赤坎乡。窗户和大门也大同小异，主要差别在楼顶。中式的少，西洋派多，有古罗马的山花顶、穹顶，有美国的城堡式顶、欧美别墅顶……加上中西混合式顶，小导游说，至少可以归纳出一百种造型。

当年的泥腿子，移居哪个国家当了华侨，就借用哪个国家的式样盖楼顶，楼脚还是伸在开平的热土中——碉楼的中西合璧，成了开平华侨的写照；细细品味，似乎还有更多的内涵。

不说山西大院、福建土楼，一般居住一个家族几十户人家，天伦之乐，其乐融融，而开平碉楼再宽敞，也是一家一户的独居，只说碉楼内墙的壁画，都是水粉画，画的也是八仙过海、鹊登梅枝。碉楼里有神龛、有灶头水缸，也有壁炉、西洋的铜餐具，甚至还有瓷浴缸、自来水……

整个世界，也许就是这样相互融合、发展起来的。

享受一回贵族生活

广东行之四

恩平的冬夜有春暖，穿着睡衣寻找“特色养生园”，居然没有生出丝毫的寒意。一路寻过去，灯光朦胧，假山、树丛，亭台、回廊间，不时露出个温泉池子来，造型各异，没一个雷同。

海南岛的温泉似乎特别多，25 年前，在这海岛我住过三个宾馆，竟有两个配置了温泉池，不过都是露天的，中规中矩的长方形，类似小型游泳池。因为是免费，晚饭后又没事情做，我泡过温泉总还练阵狗爬式。南京的汤山温泉也是老牌子。南京经常去，但不是缺闲钱就是少逸趣，一直也没赶到汤山去。“汤山温泉”的招牌后来挂到金坛航道处的偏楼上，桑拿浴价钱，承包的老板也信誓旦旦，保证池里的温泉百分之百从汤山运过来，但我始终无法提起那兴致。如今溧阳天目湖，常州恐龙园，哪儿都有“温泉水滑洗凝脂”，别说“春寒赐浴华清池”，冻冰下雪照样欢迎你。然而都是缺少天然泉眼的温泉。常州人有钱，打了几口几十、上百米的深井，架几台抽水机，将地球深处平静流淌的地热水，轰隆轰隆抽进池子里而已。

当年一浴锅水一村子人洗，尚能自嘲“烂泥水洗白萝卜”，今天却鼓不起勇气去泡常州的温泉。强扭的瓜，喂瘦肉精的猪，转基因黄豆榨的油，你不喜欢自有别人吃，据说 2010 年泡过溧阳、常州温泉的已有 100 万人次。大年初二在广州，女儿晚上安排我去泡温泉，因此条件反射还爆出一身鸡皮疙瘩来。

我们去的是锦江温泉度假区，民营的，在恩平市大田镇。女儿吧台登记房间去，我坐大厅沙发上，顺手抽出几本说明书，看到恩平有 30 多处自喷的泉眼，水温高达 73℃，每日流水 6000 多立方米，心境这才洒满了阳光。另一本介绍锦江宾馆的客房，说有 400 多间、一次可容 800 人入住，雍容华贵的别墅、清雅别致的木屋、豪华气派的会所，均按四星级标准设置。最后一页印有价目表：单泡温泉 120 元，房间最便宜的 650 元 / 间，小别墅四房一厅一厨房，5680 元住一天……舌头随即惊出了嘴巴。赶紧劝女儿打道回广州，可她住房手续已办妥，乐滋滋的还告诉我，多亏年前有预订，要不开后门都住不进！

于是随着女儿转亭阁、走长廊，曲径通幽，穿进一个拱形的门洞。厚厚的地毯悄无声息，按牌号找到了房间，打开门，洞天别开，灯火辉煌，估摸房间至少也有 60 平方米！小圆桌摆一盘水果，写字台上是液晶屏电脑。塑料垂帘隔断的卧室，里面大床可以“二人转”，超薄型电视起码 46 英寸。淋浴房旁边，还砌了个偌大的浴池。正琢磨这派啥用场，女儿过来说，那是温泉池，打开龙头就能放温泉。杨贵妃的海棠池、唐玄宗的九龙汤，让这一比简直是土鳖！海棠池里洗凝脂，温泉上飘洒牡丹、玫瑰的花瓣，这房间的温泉池沿上，可放着两袋名贵中草药。正准备拆封，女儿却要我换上泳裤、穿上睡衣，见识见识这里的露天温泉池。

夜幕早已经拉开。灯光下并排着两个大池子，一个篮球场大，十多个小年青在打水球；一个足球场大，无风涌动三尺浪，满目的孩童在父母庇护下，套救生圈，坐救生筏，随着浪涛乱晃荡。大概就是说明书上的“大型温泉冲浪”。

说明书上还有温泉漂流、冷热温泉瀑布、超声波按摩喷泉、冰泉等等，我都没看到，不过也没去寻找。假山中间有一个池子，只有两对中年男女浸泡在里面，于是脱下睡衣掺和了进去。温泉绝对没有73℃，闭目仰坐10分钟有余，额头刚刚冒出细汗珠，女儿便说换地方，到“特色养生园”里泡得更舒服。客随主便，只好悻悻地爬上岸。

恩平的冬夜有春暖，穿着睡衣寻找“特色养生园”，居然没有生出丝毫的寒意。一路寻过去，灯光朦胧，假山、树丛，亭台、回廊间，不时露出个温泉池子来，造型各异，没一个雷同。范伟在《刘老根》山庄做药膳，这里“特色养生园”的池子里同样投草药，投放啥草药记不得，只记得两个龙嘴吐水的池子着实烫，移坐到对面才回“温泉”的境界。现在想来大概先是坐在了泉眼上。然而没等静下心，女儿又喊起“换池子”，让我那边去“鱼疗”。“鱼疗”的池子不小，人也不算多。泡进去没一会，就见几条寸把长的小鱼游到了腿边，试探性地啄了我几口，又痒又有些麻；后续部队随后一群群围上，啄得我脚底像在搔痒痒，踏下池底哪敢轻易往上抬。小鱼受了惊，倏地一下早不见踪影。又有些懊悔，好在先头部队又来搞试探，我咬紧牙关坚持不动弹，一群群小鱼重新团结在我的两条腿周围，蜜蜂归巢、群蚁搬山，一口口忘情的开始鸡啄米。

又换了两个温泉池，如同吃过鲜美的大闸蟹，再吃普通家常菜，竟再也刺激不出胃口来。经过室内温泉池，在窗缝眼里瞄了一眼，明亮宽敞得犹如标准游泳池，居然也懒得抬腿拐进去。

第二天一大早，站在高处再望大田镇的这片温泉群，温泉水蓝，氤氲雾白，又是一番人间仙境。

只可惜在那昂贵的房间里，仅吃了他两片甜橙，睡了六个小时。亏大了。

“南海一号”的价值

广东行之五

我是正月初三去的海陵岛。对着似海浪起伏、又如海鸥展翅的“广东海上丝绸之路博物馆”，按过三五次快门，之后再没动用照相机。

南宋年间，一艘接近800吨级的大木船，载着陶器绸缎要漂洋过海，做外国人的生意去，哪知没出南海便沉入海底。840年过去，公元2007年的12月22日，他们的后人，潜入海底将这古船连带周围的海泥，一并装进“巨盒”全封闭；打捞船又伸出粗壮的铁臂，稳稳当当抓起“巨盒”搁上平板船，一鼓作气拖出30多海里，靠泊在广东阳江县的海陵岛。“十里银滩”早铺上铁轨，武警荷枪实弹戒着严，护送巨盒沿着轨道移进“广东海上丝绸之路博物馆”的“水晶宫”。

后人们给大木船起了个新名字：南海一号。巨盒、平板船、铁轨，还有博物馆、“水晶宫”等等，也是为“南海一号”专门设计建造的，耗资一共超过3亿人民币！

打捞“南海一号”的全过程，中央电视台进行了直播，轰动效应堪称特级世界波。我看直播也听到激昂的欢呼声，说“南海一号”是世界迄今为止发现的年代最久远、船体最大、保存最完整的古代贸易船，价值无法估量！钞票反映价值，价值用价格体现。国内外博物馆大多免费供参观，“南海一号”无法估量的价值，在海上丝绸之路博物馆体现的价格，是80元钱买一张参观券。

大航海家哥伦布1492年率领三艘帆船首次远离西班牙，一艘帆船不过载重百十吨；

首支英国探险船队1496年前往中国时，单船核载18个人；

葡萄牙航海家达伽马绕过好望角、在1498年才发现印度……

1270年左右，咱老祖宗沉没的商船“南海一号”，载重量已达800吨；

郑和七次下西洋，第一次在1405年7月，率众近3万，舰船240艘，郑太监自己乘坐的那艘宝船，载重量现在有人测算2000吨，也有人测算9824吨；即使载重2000吨，也能将西方大腕乘坐的航海船比成一条小舢板。

由此可见，那些西方航海的大腕，绝对是咱老祖宗的重孙重重孙。只不过，重孙重重孙辈乘着小舢板航海，多是为了探险和探索。哥伦布发现了美洲新大陆，麦哲伦向西、向西，环球一周最后回到出发的西班牙，为蒙昧的人类一举论证了地球见圆不呈方！而我们祖先的“南海一号”，搞的是民间贸易，一味的做生意、挣银两；郑和下西洋是“国营”，说扬国威、传友谊，体现了“大国风范”。

西方人将航海技术积累为政治的优势，四处远征、殖民，资本主义的原始积累也由此加快完成；葡萄牙、西班牙、英国等等航海强国，成了世界最强大的帝国。而中国的远洋航行，郑和之后几乎销声匿了迹。到清末，国人尝到“炮利船坚”的苦头，再用民脂民膏“洋务”已晚矣，于是一败涂地输掉了鸦片战争、甲午战争……而今天，我们的舰艇终于可以靠近钓鱼岛，据说还开始建造航空母舰了。

我是正月初三去的海陵岛。对着似海浪起伏、又如海鸥展翅的“广东海上丝绸之路博物馆”，按过三五次快门，之后再没动用照相机。看那“水晶宫”，不过一只巨型玻璃缸；古船连带它的影子，还都封闭在集装箱一般的巨盒中、沉浸在海水里。内行看门道，外行看热闹，看不到热闹，难免索然而无味、满腹生出牢骚来。半缸海水是否与“所在海底完全一样的水质和温度”，就更没兴致去探究。

为什么将“南海一号”封存在“水晶宫”，官方如此解释道：古船上的文物数以万计，且多为国家一级文物。经过海水浸泡后如何妥善保存，这个难题在世界范围内还没得到解决。细节如果考虑不周，古船整体出水时就可能变形，船上文物就将遭到难以预料的损失，我们应该对历史负责……

黄河文化的魅力

甘肃宁夏行之一

登上那相传千余年的交通工具，在大西北汉子的驾驭下逐浪黄河奔至中山桥，自己弱小得似乎又回到了母亲襁褓。

导游说，兰州没好玩的地方。然而到了兰州，也就在滨河路上走了一遭，却已倾倒于“黄河文化”的独特魅力。

黄河贯穿兰州城东西。那条滨河路，沿黄河平展展铺开 50 多公里，号称“天下黄河第一路”，便知它在“藉黄河而令天下”；滨河路和黄河之间，土地色泽苍老，挺拔起宽阔的绿化带，又蒙一层征尘，扫尽娇嫩，一如黄河舍我其谁！时值初秋，从机场驶上滨河路东去，黄河之水在大巴窗外、绿化带缝隙时隐时现，看不出半点“天上来”的气势，然而登上中山大桥，极目滚滚东流水，谁敢说那不是一条低沉吼叫、野性十足的猛龙在翻腾！

兰州的中心大街叫中山路。滨河路与中山路在黄河南岸相交。驻足北眺，大铁桥，黄河；白塔山，白塔。闻白塔寺始建于元、重建于明，白塔山因寺而得名；那大铁桥，长 233.33 米，宽 7.5 米，自 1909 年建成，横跨黄河恰好 100 年。宏伟古迹与壮观山河浑然天成，画面之雄浑，非大西北人不能勾勒！

白塔山上看兰州城

大铁桥原名“兰州黄河铁桥”，为纪念革命先驱孙中山，1942 年改名“中山桥”，号称“黄河第一桥”。桥南立碑，铭刻当年由美国人设计、德国人承建，耗费清廷白银 30.669 万两。大铁桥前身，为朱元璋的征西将军冯胜追击元军，于 1372 年建造的“镇远浮桥”；4 年之后，卫国公邓愈将浮桥移至城西 10 里处。浮桥用 24 艘大船贯连，冯胜、邓愈在黄河两岸各竖 2 根大铁柱，拴上 120 丈的铁缆固定之。又过 9 年，兰州卫指挥杨廉再将浮桥移至现中山桥下游 100 米处，“控扼冲要，道通西域”500 余年，直至大铁桥建成。

中山桥南岸东侧，镇远浮桥的遗址上，如今只剩下孤零零一根 5.8 米高的大铁柱，其余 3 根，搜索“百度”也无线索。问一晨练老人，曰：被“大炼钢铁”了。

因黄河而名闻天下的羊皮筏子，在中山桥上游约 3 公里处，花 50 元人民币仍可乘坐。登上那相传千余年的交通工具，在大西北汉子的驾驭下逐浪黄河奔至中山桥，自己弱小得似乎又回到了母亲襁褓。

爱即爱、恨即恨，黄河畔的气候同样炎凉分明。在羊皮筏子码头上，阳光照耀下如针灼皮肤，进入树荫，微风不吹也遍生凉意，与到处热乎乎、黏糊糊的南方迥然相异。一老人头戴白帽、络腮白须、白衣白裤，在羊皮筏筏工敬重的目光簇拥下，洒脱地坐进树荫。

老人以前也是筏工，如今退了休，每天依然来到黄河边，看望他的徒子徒孙和黄河水，关键时候还帮着修补羊皮筏。老人说，他们这些人，都补不好。见羊皮筏上的游客，换乘游艇逆水回到码头，又有小艇将他们乘坐的羊皮筏送回来，忍不住询问老人，以前是如何将羊皮筏划回上游的。老人说，人扛啊。最大的牛皮筏子，我们用了 60 条牛皮，把货物运到包头，把气放掉，再用骆驼驮回来……禁不住又问，兰州那时候也有这么多货物往外运？老人似乎有些生气：怎么没有？粮食、皮毛，兰州的东西太多了！

像是大西北的风，爽快，迷恋着它的黄河。

戈壁滩上多奇葩

甘肃宁夏行之二

造物主似乎也特别青睐这座鸣沙山，让它在向南延绵时，山体突然化为金灿灿的沙丘，沙粒浑厚细碎，能神奇的发出声响；又让它怀抱一泓泉水，状如新月而千年不涸……

一

从兰州沿着古丝绸之路西行，坐一晚上火车就到了敦煌。

火车驶过嘉峪关，驶过玉门，天已大亮。看车窗外，果然是“春风不度玉门关”！戈壁滩一泻千里，乱石粗砾，洪荒一般的肃杀，唯有骆驼刺星星点点，在展示生命的顽强。然而这玉门，还只是诞生中国第一口油井、将铁人王进喜调去开发大庆油田的玉门市，真正的玉门关，到了敦煌后，还得再西行大约 100 公里——汉武帝把他的长城最西端，伸到了更加荒凉的戈壁滩，与“西出阳关无故人”的阳关遥遥相望着。

祁连山的圣水流经这片戈壁，居然点化出一片又一片绿洲，繁衍出一朵又一朵奇葩。敦煌，戈壁滩上的一片绿洲，一个有了 6 万常住人口的县级市，在距它 25 公里的东南方，一座叫鸣沙山的断崖上，居然出现了一座举世无双的艺术殿堂！造物主似乎也特别青睐这座鸣沙山，让它在向南延绵时，山体突然化为金灿灿的沙丘，沙粒浑厚细碎，能神奇地发出声响；又让它怀抱一泓泉水，状如新月而千年不涸……

二

隐藏在戈壁深处，震撼了世界的艺术殿堂叫莫高窟。1640 多年前，我们的先人以佛经为魂，群蜂采蜜一般，春夏秋冬经历了10个朝代将近1500年，将民族的建筑、雕塑、壁画等等文化精英，完美地糅合到了这里。遥望断崖上的石窟，犹如蜂窝错落有致，密密排列去1600多米。导游介绍，至今保存完好的石窟有492个，2499尊彩绘的菩萨或雕或塑，无论33米高的坐像，还是10多厘米高的站佛，个个神态逼真，惟妙惟肖。为保护这艺术宝库，如今石窟都安上大门，游客每次只能欣赏其中的八九个，入内严禁照相。

莫高窟被奉为世界级宝库丝毫不夸张。哪一座石窟，都足以让游客变成初进大观园的刘姥姥，将自己迷失其中。最震撼人心的，还是石窟四周直至窟顶，到处画满的佛像、飞天、伎乐、仙女，里面有佛经故事画、经变画和佛教史迹画等等，彩绘颜料大多历经千年而色泽如新。听导游介绍，莫高窟壁画的总面积，至少有4.5万平方米，若一方方连接，能伸展30多公里……

同行对国画颇有造诣，书画店挂一幅江南水墨，标价数千元，他曾不屑地夸口：我画得比这好。进入石窟，随意指点一幅壁画，问他能不能画好。他目不转睛盯着，说，得临摹。

练毛笔字，临帖，还描红呢。

三

靠山吃山，靠水吃水，若不是国人腰包鼓起来，每天至少一火车的游客来到莫高窟，敦煌人谁又想得到，在距离敦煌 10 多里地的鸣沙山南麓，拦一道木栅栏，就能靠着沙漠吃沙漠，哗啦哗啦收钞票！

“沙漠之舟”的生意也由此异常的兴旺。木栅栏里，一大片骆驼昂着脖子趴在沙漠边，专等游客往它背上爬。场面之大，远远胜过火车站外的出租车、西湖边上的小游艇。牵驼人喊声“起”，那骆驼任凭背驮的游客多肥硕，依然轻松地先支起后腿，再猛地直起前腿，从容不迫地走进驼队里。

鞋套的生意更火爆。用“地陪”姑娘的宣传语：踏进沙漠，皮鞋凉鞋旅游鞋，什么鞋都挡不住沙子的侵袭。有游客不信，好言劝导马上变警告：谁不穿鞋套，谁就在破坏生态环境。犟牛的游客取笑她：不穿鞋套，能把沙漠破坏出个绿洲来？拿出手机嚷嚷要举报。姑娘这才悻悻地罢休，却再不给好脸色。

一个驼队七八峰驼，首尾相衔鱼贯走向鸣沙山。牵驼人走前头，看到滑翔机，劝导大家去坐滑翔机；望到越野车，劝导大家去坐越野车。没有人响应，依然谈笑风生，把驼队牵到两个沙包前，逐匹扑打着骆驼的脖子喝令它跪倒，让游客跨下驼背去爬沙包。

沙包一大一小。大沙包前撑一把遮阳伞，伞底下设着一个收费口。登小沙包免费，爬上去，也一样置身沙漠看沙浪起伏，看鸣沙山连绵，只是没有听见沙鸣声。

再爬上驼背，随着驼队走向月牙泉。月牙泉的景致可以看照片，具体内容可以去“百度”搜索，也就不在这里赘述。

赤着脚在沙漠里走累了，见茶棚里有凳子，屁股刚刚坐落，老板娘已经过来打招呼：你喝什么？

再坐骆驼回到出口处，众多游客围住一长摊，叽叽喳喳好不热闹。探头望去，都是待人认领的照片。同行说我的照片也在其中。找到一看，我骑在骆驼上，拍得真不错，却不知摄影师什么时候拍的。

不想额外消费，还是自觉自愿地掏出 20 元，把那张骑骆驼的照片买下了。

醉卧沙场君莫笑

甘肃宁夏行之三

不身临此境，很难感受这千古绝唱的内涵。站在突兀而起的东闸门前，会觉得自己一下子渺小起来，小得不如一根骆驼刺。

东北有三宝，人参、貂皮、乌拉草；戈壁滩上也有三宝：红柳、锁阳、骆驼刺。

从敦煌掉头向东，半天高速公路到嘉峪关，置身于这一大片戈壁滩，却没有发现一棵红柳树。簇拥着的骆驼刺星星点点，倒是仔细看了几团，一张“叶片”一根锥，根本没有胆量去触碰它。

至于锁阳，旅游车停靠哪儿哪儿就有得卖，枯树干一样的根茎，价格相差数十倍。有同行买了泡茶，喝过说是有点甜，是否发挥了“锁阳”的功效，便不得而知了。

盛产锁阳的地方叫锁阳，盛产瓜的地方叫瓜州。瓜州位于敦煌和嘉峪关的中间，时值瓜季，果然西瓜、哈密瓜、蜜瓜铺天盖地；吃了半只蜜瓜，香甜如蜜，同样的名副其实。嘉峪关所在城市仍叫嘉峪关。导游不无羡慕地介绍，嘉峪关因企设市，去年人均收入居甘肃省之首，达到 1.3 万元，不过，那企业没套用“嘉峪关”大名，叫的是酒泉钢铁公司。兰州人均收入 1.04 万元。常州有多少？翻了下资料，2008 年是 21592 元。

终于走近“天下第一雄关”嘉峪关。“醉卧沙场君莫笑，古来征战几人回”。不身临此境，很难感受这千古绝唱的内涵。站在突兀而起的东闸门前，会觉得自己一下子渺小起来，小得不如一根骆驼刺。仰望黄土夯筑的长城、烽火台，无与比拟的悲怆、肃杀之气，又会排山倒海，从一望无际的戈壁滩奔涌而来，渗透进骨头的缝缝隙隙，涤荡着灵魂的角角落落，让你宠辱得失、荣华富贵等等杂念烟消云散，只觉得心底像蓝天、像白云一般的纯净。

揣摩着嘉峪关关城的布局，有点像个大院子：四周围着高墙，正门门楣上大书“嘉峪关”三字，面对西域；东闸门是后门，对着内地。院子的中心线上，依次耸立着嘉峪关楼、柔远楼和光化楼三座主楼，都是三层三檐。亭榭楼阁、平房场园、花草树木则错落在它们的周围。

关城又是一座森严壁垒的军营。它城中有城，东闸门、罗城属于“外城门”，城里还有东西两道“内城门”。内城是关城的心脏，内城城墙有 10.7 米高，用黄土夯得箭头也射不进，四角还竖着戍楼。敌军即使攻破内城门，仍可能在“瓮城”里被守军“瓮中捉鳖”。内城的练兵场上，如今仍有“将士”在操练，但已经是花拳绣腿，让游客看个热闹而已。四合院式“游击将军府”里，泥塑木雕的游击将军、师爷以及将军的老婆、丫鬟等等，倒是栩栩如生的。

关城还应该是海关。有展览着的“关防纸”为证；西瓮城门额上的“会极”，意思也是西域和内地的诸侯、仕宦、商旅，来到这里友好地相会。说它是边城，依然有据可查、有理可推。丝绸之路上中西文化交流的枢纽，人来人往，岂能没有旅馆、饭馆、杂货店？那就有了常住的居民。关帝庙里，大殿、陪殿，刀房、过厅、马房、牌楼一应俱全。还有戏台。导游也说，这是守城官兵、过往商旅和城内居民的娱乐场所。

戏台值得一看。依然以夯土为主，由木制的屏风分隔出前后台，屏风正中央画的是“八仙”。两侧彩绘的壁画也有数百年历史，画的是老和尚偷情，情妇生了个怪物，正抱在怀里喂奶。戏台两侧有对联，写的是“离合悲欢演往事，愚贤忠佞认当场”，意味之深长，再过数百年仍值得回味。

青海湖畔涌商潮

甘肃宁夏行之四

穿着军大衣，站在游轮的顶棚上，顶着湖风看湖景，虽说又是一番景致，但总归也不如站岸上眺望青海湖壮观。只可惜忘记掬一捧湖水，品尝一下祖国第一咸水湖的滋味。

那天是 8 月 19 日，常州赤日炎炎似火烧，而兰州，白天穿件短袖衫不出汗，晚上钻进被头窝不嫌热。兰州到青海湖，也就半天汽车。进入青海后，在第一个高速公路服务区下车，觉得比兰州还凉快；第二次下车，就有些冷了。到了青海湖停车场，短袖衫外套上长袖衫，备用的夹克衫、长裤也一股脑儿穿身上，还是禁不住打哆嗦。多亏停车场有军大衣出租，于是，都穿上了军大衣。

青海湖已经落入眼帘。极目远眺，浩浩汤汤的湖水衔着远山，又倾斜着，无比壮阔地从天际铺展过来！耸立在湖里的中国第一座鱼雷实验发射基地，已浓缩成一颗黑珍珠、一个小黑点；游轮和趸船，搭着绣花鞍垫的牦牛和骏马，那是点点繁花，从湖边一直闹上了湖滩，连接起高原上最后一茬金黄的油菜花。

穿着军大衣，站在游轮的顶棚上，顶着湖风看湖景，虽说又是一番景致，但总归也不如站岸上眺望青海湖壮观。只可惜忘记掬一捧湖水，品尝一下祖国第一咸水湖的滋味。

比青海湖更加壮阔的，应该是商品经济的大潮。颧骨上亮着“高原红”的青藏高原人，牵着自己的牦牛和骏马赶来，无不是一心一意为游客提供有偿服务。最可爱还是那个孩子，四五岁模样，缀着两朵还没红透的“高原红”，穿着很干净的民族服装，跟在他奶奶身后，蹦蹦跳跳的，煞是可爱。一个浙江人把他截住，要跟他合影。孩子一点不怯阵，紧挨着浙江人大腿，竖起指头还打了个“V”。临别，浙江人跟他招手再见，奶奶也伸出手，分开五指，用生硬的普通话说“五元”。浙江人先是一愣，继而相觑一笑，爽快地给了她 10 元。

“圣地”的凝聚力

甘肃宁夏行之五

再说堆绣，一块块悬挂在大殿的上方。乍看像苗家黑底的花围腰，仔细揣摩它图案，无论菩萨、罗汉，还是花卉、鸟兽，骨子里飘逸着的，却都是藏家粗犷中的灵性。

到藏传佛教格鲁派的圣地塔尔寺，是在青海的第二天。西宁到塔尔寺说是 26 公里，乘了大约一个小时的车。

塔尔寺大约占地 600 亩。藏家寺庙向来雄伟，塔尔寺 9300 余间殿堂屋宇错落于莲花山山坡、山凹，山成寺，寺似山，气势显得格外磅礴，被奉为“圣地”。听导游讲，藏传佛教分五个派系，格鲁派信徒十占九五。其他寺庙规模再大，主持们也得来这里顶礼膜拜。

在宗喀巴诞生处，他母亲建了座“莲聚塔”，180 年后，四周逐步形成寺院，遂取名塔尔寺。故有“先有塔，后有寺”之说。

塔尔寺的入口处，一线并列着“如意八塔”，说是赞颂释迦牟尼一生八大功德的，塔身的南面，都有藏着梵文的佛龛……

俗家弟子，说不明白佛家事，况且又是藏传佛教，里面还有个民族政策的大原则。因此，用俗眼看过塔尔寺，说的也只是大俗话。

先说金碧辉煌的大金瓦殿、小金瓦殿。导游讲，小金瓦殿的铜瓦近年重新鎏金，化费了 35 千克黄金；而大金瓦殿，至少有 2 吨黄金在上面！在巨大的殿堂里，鎏金的佛像，盛满酥油的金灯银盏更是随处可见。大金瓦寺殿内，还有座 11 米高的大银塔。汉家寺庙去过不少，这般“金贵”的却从未见过。

再说塔尔寺的“三绝”：壁画、堆绣、酥油花。

壁画的内容依然是经变、时轮、佛等，色彩极浓，线条也粗。去过莫高窟，再看塔尔寺，难免产生“看过黄山不看山，去过九寨沟不看水”的联想，但并不妨碍它成为塔尔寺一“绝”。

再说堆绣，一块块悬挂在大殿的上方。乍看像苗家黑底的花围腰，仔细揣摩它图案，无论菩萨、罗汉，还是花卉、鸟兽，骨子里飘逸着的，却都是藏家粗犷中的灵性。这还属“外行看热闹”。可它的“绝”，却在于图案是用绸缎、羊皮、棉花等堆绣而成。其实，头发丝、羽毛等等都能“堆绣”；“堆绣”出了菩萨罗汉，用宝石去镶嵌他们的眼睛，倒确实举世稀罕。

酥油花，与捻捏面人、泥人、糖人、蜡人等等异曲同工。捏糖人要火，把饴糖融得稠糊糊的才能捏；酥油花15℃会变形，25℃会融化，因此捏制酥油花，得先在雪水里把手浸得冰冷；一边捏，一边还须浸冰水、抓冰块。至于捏成形体后，敷面描眉、塑花点蕊、饰金描银等等，捏面捏泥也有这些工序，便不再一一赘述。

殿堂的廊檐下，摊展着二十多个地铺，有单独的，也有几个铺位并排。信徒们在地铺上站起，又趴倒；趴倒，又站起，一个接着一个地在磕头，不敢用正眼看，更不敢发出半句妄言。

塔尔寺还是一座大学，里面分设了四个学院。不过，无论传授社会科学还是自然科学，无不有机结合起西藏的宗教文化。听导游讲，塔尔寺最多时有 3600 多僧侣，现在有 1000 多位。不过，现在的 700 多位学生，已全部列入僧侣的花名册。如此看来，学员跟僧侣同样是有机的结合。

把孩子送进塔尔寺学习，家长是要付学杂费的。学员学成之后，回到社会去做什么呢？导游也是藏族人。他说，做老师，做僧侣，弘扬藏传佛教。

澳洲行

一股股水蒸气突破重重围堵，带着胜利者的狂欢，从地壳深处喷薄而出，交织相拥，翩翩起舞。远眺如烟似雾，仿佛人间仙境；走近它，又能真正体味人类的渺小。

我2009年曾旅行澳大利亚去，眼一眨，已经2015年。我砸砸当年的味道，比比中国、比比我家常州的今天，仍是新鲜橄榄味——

不掺激素的微笑

从香港飞凯恩斯，登上澳大利亚航空公司的757空中客车，就想不到，站立舱口迎宾的乘务员，不是肥胖的中年白人就是精瘦的青年黑人，再就是，四五十岁的老姐。去看看我们中国的空姐：亭亭玉立、面若桃红，走起猫步能当模特儿；拍电视，立马成明星，排在哪里哪里一道风景线！

服务内容基本上雷同：起飞前，检查乘客是否系上安全带；起飞后，示范使用救生衣。示范后，胖白人从尾舱拎只塑料袋布片，快乐地咕噜着英语倒步行。有人伸出手，他即递一块布片。我并不知派什么用场，但想亲口尝尝梨子的滋味，也就伸出了手。他吐一句英语摇摇头。他不再给我？他掏一块布片，又快步笑着递给我。原来胖空哥在开玩笑、营造欢乐的氛围。

布片“8”字形，黑红两端稍缝接，我仍傻瓜似的不知派什么用场。胖白人耸耸肩，拿出扯开缝接处，遮了遮眼睛。原来是眼罩！罩起驴眼还可拉磨呢。去凯恩斯要飞七八个小时，罩住眼睛能睡个好觉。再看胖白人，他把眼罩吊在指头上，俏皮地又甩圈圈。

老姐推来了餐车。她弯下腰，亲切地用外语询问我。

新坐大巴，带着隔夜面孔去游览热带雨林。

澳大利亚如此保护国民的休息权利？未必。凯恩斯的大巴司机已经 62 岁，风里雨里满世界奔波，为何没法律保护？导游小芳去向老司机翻译。老司机弯下腰，模仿拄杖而行的龙钟相，用中国话说：你退休，会这样。我，有四个老婆。他曲起小臂还让我看他紧绷绷的肌肉。用四个老婆反映精力充沛，还亏他想出来。

游览原始雨林时，我们坐的是二战时期的水陆两用军车。驾驶军车的老头超过 60 岁，显得更活络。小芳介绍螫刺树，他会先停下军车，仄身用小棍子拨弄长满白色粉刺的树叶；小芳说让它的树叶刺一下，得疼六个多月，他会在驾驶室里跳手跳脚地喊“疼”。小芳介绍一种韧性的藤，土著嫁女儿，娘家会割两条藤陪嫁，去“镇压”老公和教育孩子。老头跳上车顶割下一截藤，又把车皮抽得砰砰响。小芳指着老人说，他的老婆就经常用这藤条抽打他——旅游的戏剧效果自可想而知。

最后看土著表演。四五位土著，涂料横一条、竖一条，涂得人不像人、鬼不像鬼，在台上，吹着敲着踩着抖着还喊着。下了舞台再各自为战：吹“滴都丽都”木管，投标枪，掷“V”形木片。我邀请一位大胡子老头合个影——导游已介绍，他是大学土著学的教授。大胡子还摆出“舞姿”让我照。觉得不满意，在他准备离开时，我又举起了相机。大胡子教授连忙也重摆“舞姿”。

大堡礁外的“珊瑚”

大堡礁给我留下的最深刻印象，不是五彩缤纷、婀娜多姿的珊瑚，也不是如铺满巨块黑石的珊瑚礁海滩，而是把我们送上“绿岛”、自己坐在码头闲聊的水手。

游船上严禁吸烟。听不懂他们在聊什么，只见赤脚短裤的站起身准备离开，铜盆帽牛仔裤也踩熄了烟蒂。牛仔裤又弯下腰，拣起了烟蒂。以为他在维护码头的清洁，顺手将烟蒂扔入大海，没料到，竟将烟蒂塞进自己的裤兜！我，总把古运河比母亲，常引东海、黄海、南海为骄傲，论“素质”，也绝不会在洋水手之下。可又为什么，总把母亲河当垃圾桶、将母亲海作污水沟？用洋水手衬托，那些高谈阔论的国人，岂不穿上伪君子外套？不禁脸红了。

坐入了游艇。艇底透明，海水也透明，看鱼儿闲庭散步，看海参匍匐、珊瑚争奇……细枝末节皆历历可数，恍若已置身于水晶宫。等驾艇人抓把鱼食抛入大海，刹那间，无数鱼儿冲来，闹得海面沸水似的翻腾。无垠大海，仿佛成了养鱼池。

回登“绿岛”，再看海鸥在草坪上旁若无人，小鸟在泳池与游客共浴，蜥蜴伏红地毯昂首张望……大自然的精灵，已与澳大利亚人达成了“共处协议”。透明的海水中，一对对洋人在亲热；金黄的海滩上，摊平一块布，平躺的也是半裸的洋人。晒够了毒辣辣的太阳，收起布片，依然

被“软禁”的链接

悉尼最著名的还是歌剧院和大桥。上午参观后，便坐游船游览悉尼的海港。海港中心建造的那座监狱，忽然让我想起了导游，一定得到库克船长的真传，否则能如此阴险，能把我们的宾馆，订在距离悉尼中心城区足足 20 分钟的车程！住郊外，我们没有公交车；出租车守株待兔等电话呼唤。有人能讲几句“洋泾浜”，到晚上，也不敢贸然去找出租司机的电话啊。导游就这样，亲热地将我“软禁”了起来。

悉尼的出租车，据说因为游客光临而诞生。悉尼 500 万人口，拥有 150 万辆汽车，哪有出门不驾轿车去“打的”的傻瓜？轿车还冷落了火车、扼杀了长途班车。客运市场秋风萧瑟，骑自行车更寥若流星；我们的光临诞生出威风凛凛的旅游大巴。

在公路上，货车也不多，一律集装箱车，在矮小的轿车群中很像大马奔跑在羊群。要说怪，怪在还是那么多汽车碰不到交警；碰不见岗亭，交通单靠红绿灯指挥。

我们在悉尼城中心吃过了晚饭，天擦黑，大巴当然送我们去郊外的宾馆。20 分钟的公路，顺顺当当还真一点也没遭遇到堵车。只不过，悉尼的公路基本保持四车道，已远远落后我们亲爱的祖国；悉尼中间铺开草坪种几棵树，算是不错了，若看看常州公路“标美化”：红花绿草、灌木乔木，比悉尼就更要高几个档次了。

我听导游讲，在悉尼，大型活动场所全都配备大型地下停车场。除此外，马路停车场已随处可见，四车道，还甚至变成二车道。有专家预言，当悉尼发展到 200 万辆汽车时，公路就要大兴土木了。我想想，在这个看病不收钱、生孩子给补贴的国度，肯定用不着“借贷造路，收费还贷”，凭空造出几个收费站。

上一天从堪培拉回悉尼时，路边的加油站，让我也长了见识。那儿竖了两个加油器，司机自己拿油枪加油；加足油，旁边有擦手纸擦手。手纸扔进垃圾箱，再去不远处的小商店，刷卡付款。

在澳洲，我只见过一次检查站。大巴经过那条公路时，就被引进检查站，由穿制服的胖女人和强壮的男人，用仪器，慢动作，从车头到车尾，大概磨蹭了半个小时。男人走进里屋击打着电脑键盘，拖出一张长长的单子，让司机在上面签字，撕给他一半。没收费，同意放行了。我问导游，果然是“汽车综合性检查”。跟常州的检查相比，不同的就多了，也就不再多噜苏。

“特色”发财

进入新西兰。最大城市奥克兰给我的第一印象，是小楼别墅稀稀拉拉，平屋店铺断断续续，难得看见人影儿，有点像中国苏南过去的小村。登上伊甸山，那个陷入火山口的小山包，再四处眺望，绿树竟都包裹着平屋、小楼，

在20世纪，澳大利亚、新西兰先后摆脱了殖民者桎梏！谁得知，等到全民表决时，又都愿意留在英联邦，让英国女王当元首，在国旗左上角，烙一个“米”字。新西兰最大的海港，居然还是用“库克”命名。据说是因为，英伦三岛上有他们三分之二的人的“根”。

库克带去的英国囚犯能耐有这么大？带去的，不会仅仅是囚犯。

两段小插曲

从新西兰飞回澳大利亚，来到第二大城市墨尔本，也是我们的最后一站。换坐五六个小时的汽车，赶到大洋路去看“12门徒”和“断桥”。途中导游的介绍，同样指石为人充分发挥想象力。只不过，咱们的“阿诗玛”“七仙女下凡”高踞山巅，他们的“12门徒”伫立海滩边而已；再跟咱们海南岛的“天涯海角”比，他们那几块石头小巫自见大巫了。看过后兴趣索然，去菲利普岛看企鹅回巢，我也没有了兴趣。导游趁机也取消计划，而且说，那是小企鹅，坐五六个小时车，去了也不一定看到。让我们的心理更平衡。

墨尔本市区要比悉尼热闹了许多。在墨尔本，我也终于看到澳洲的公共汽车、有轨电车和市内火车，乘客也不少。听导游介绍，三类车辆可以换乘，2元一票制，5元“包天”，100元“包月”。上班族大多坐公交车，小车除了燃料费，每月固定车位费还得200元，划不来。这又跟咱用经济杠杆提倡“公交优先”异曲同工。

飞墨尔本之前，奥克兰机场的两个小插曲，国内同行若是有兴趣，倒值得一学。一是行李托运环节出问题，晚了半个小时，机场的喇叭才叽里呱啦一阵响。跟着大家往检票口涌，懂英语的导游却朝我们直摇手，喊，儿童排到前面去，你们不要往前挤。10 多个孩子以及他们的父母，当仁不让地率先进入通道。

二在墨尔本，我们久等不见两同行。以为带了违禁物品被扣下，等到他们出来后，才知道，一位的行李不见了，一只箱子摔烂了。摔烂箱子的拿一张纸条，不多久，乐滋滋地拖来了两只箱子。大家都说合算蛮合算。失去行李的，机场也拿来一只包，里面一套内衣、一套牙膏和牙刷，暂用一晚上。导游说，真的丢失了，也合算；赔偿金，肯定会超过原值。不过没讨“巧”，他的行李在奥克兰和悉尼兜了一大圈，在墨尔本机场和他会合了，一起回到了祖国。

吃饭活受罪

在澳洲，吃饭活受罪。第一次是在凯恩斯，中午吃自助式西餐。学着洋人把面包片先放进电烤箱，滚过一遭再夹进盘子。旁边有一大摊小纸罐，全封着口。不识洋文熟视也无睹。等后来知道小纸罐里装着奶酪、果酱，便暗自庆幸：平日最怕吃不甜不酸的果酱，奶酪的怪味闻到也作呕，若打开一只潘多拉纸罐，吃不得扔不能，还真不知如何处

后 记

我大姐一直笑我“学木匠”：一张板凳四只脚，高高低低总是摆不平。意思是有点不安分。我想想，还真有点像。再想想，怎么能都怪我？

我从小好读书，但是路并不平坦。读到初一，“文化大革命”爆发，1966、1967、1968届的初、高中生全部“毕业”插队。因为父亲曾在常州、上海多地开过工厂，顶着“资本家崽子”帽子的我，被分往二省四县界地的周家埠（溧阳市汤桥公社），抡锄挑担。

我以为从此要扎根农村了，不知前途何在。待到1977年恢复高考，考大学不再讲“成分”了；1979年，政府让“老三届”先回到常州，我才重新点燃了回城的希望。

未料到，回城后我被派到轮船公司撑客船，短暂的喜悦之后仍旧是迷茫。一直到1982年，电视大学首届文科班招生，我决心抓住这个可以亲近读书的机会，特地请了三天假去参加考试，竟然如愿以偿！再后来，我到轮船公司教育科培训船员，负责报名、点名、书写成绩报告单，总算是和文字打交道，与自己多年的爱好沾了一点边。

常州市交通局筹备成立运输协会时，我被借调去协会。工作清闲，每日无非是喝茶，聊天，我不甘心如此消磨时间，习文弄墨的念头蠢蠢欲动，所以，我去找时任运管处书记的张骏，说不如我们来办一张报纸吧。张骏说好啊，你负责。1988 年 1 月 1 日，《常州交通运输》还真的就此诞生了，我成为第一任总编辑，当时刊发的两篇大文章，正是出自我的不成熟之手。我将其中一篇投给《南京交通报》，从此开始了我的文字之路，延续了我多年来的梦想。《常州交通运输》后来开设副刊栏目，刊登诗歌、散文、小说等，我个人的兴趣爱好，得以与工作开始紧密衔接。我的《粽子飘香》等文章，在《常州日报》等刊物发表，对我又是极大的鼓励。

当年，协会的会员单位特别多，包括运管、航道、公路、港监等事业单位，也有轮船、航运、客运、汽运、港务等企业单位；常州属市局，还有武进、金坛、溧阳等（市）县局，纷繁庞杂……我在负责《常州交通运输》报的漫长岁月里，采访，写文章，了解社会，乐此不疲，一晃竟已 25 年，退休后又被单位“借用”了两年。2013 年 6 月，一场大病，终于让我的新闻生涯划上了休止符。我常感慨年华虚度，唯有对工作尚算尽职尽责，刊登在《中国交通报》上的就有 20 余篇。

回顾过往，我既熟悉城市也熟悉乡村，我一直想超越自己单纯“新闻人”的角色，用我的笔来书写发生于家乡这片热土上的爱恨情仇。我在“二省四县山角落”中，有散文《粽子飘香》，还有充满传奇色彩的芮梦周，终于改名“来娣”的凤英等等，因为生病都未公开发表，这次整